LES PÊCHEURS D'ÉTOILES

DU MÊME AUTEUR

SUITE BRÉSILIENNE

Corcovado, Métailié, 2005

Dans l'ombre du condor, Métailié, 2006

Samba triste, Métailié, 2007

Zumbi, Buchet-Chastel, 2009

Pour tout l'or du Brésil, Le Passage, 2010

Pour l'amour de Rio, Le Passage, 2012

Brasil, Le Passage, 2013

Saudade, Le Passage, 2014

12, rue Carioca, Le Passage, 2015

Couleurs Brasil. Petites et grandes histoires de la musique brésilienne, Le Passage, 2014

www.lepassage-editions.fr

SERVICE DE PRESSE

JEAN-PAUL DELFINO

LES PÊCHEURS D'ÉTOILES

LEPASSAGE

À toutes celles et à tous ceux qui, tapis dans la nuit,
savent encore rêver à leur étoile.

Un ami, c'est à la fois nous-même et l'autre,
l'autre en qui nous cherchons le meilleur de nous-même,
mais également ce qui est meilleur que nous.

Joseph Kessel

LES RUSSES BLANCS DU CHIEN QUI FUME

Dans la chaleur suffocante du caboulot, l'homme s'entêtait, suant sang et eau, tous muscles tendus. De part et d'autre du guéridon de bois graisseux, deux bougies flambaient, dégoulinantes de cire. Encore un effort, et c'en serait fini. L'homme, un géant aux moustaches en guidon de vélo qui disait s'appeler Igor Ivanovitch Ivanenko, n'avait encore jamais trouvé son maître au bras de fer. Les épaules solidement charpentées, une face cuivrée plantée sur un cou de taureau, enveloppé dans une couverture noire censée remplacer le manteau d'astrakan qui, du temps de sa splendeur, ne le quittait jamais, ce Russe blanc ahanait et renâclait, lèvres serrées, les veines gonflées battant sur ses tempes. Elles étaient loin ses heures de gloire, lorsqu'il filait à cheval nuit et jour dans les plaines de l'Oural, de la mer de Kara jusqu'aux steppes du Kazakhstan, menant la lutte armée contre les troupes bolcheviques sous les ordres de Piotr Wrangel. À cette époque, il ne doutait de rien. Sur ses terres, il était le maître absolu, après Dieu.

Debout près de lui, déjà ivres morts, le galvanisant dans son effort par des vociférations et des jappements haineux, ses anciens compagnons d'armes suivaient le bras de fer avec passion. Lorsque celui qu'ils nommaient leur Baron noir prenait insensiblement l'avantage, ils exultaient. À la moindre marque de faiblesse, ils retenaient leur souffle, se signaient fébrilement, appelaient à leur aide tous les saints de la très grande Russie. Encore un effort, et c'en serait fini.

Igor Ivanovitch Ivanenko, tout à la fois leur seigneur et leur démiurge, celui qui les avait sauvés des hordes écumantes des communistes et des soviets envahissant la Crimée en novembre 1920, faisant embarquer 146 000 hommes dont 70 000 soldats sur seulement 126 bateaux, cet homme-là ne pouvait pas perdre. Cela aurait submergé leur imagination. Dans les odeurs de friture, d'alcools aux origines douteuses, de l'urine dont on se soulageait directement contre le bois pourri du comptoir, dans les vapeurs d'ail et de tabac, pénétrés par les remugles de l'eau de Cologne bon marché dont les grues, les jeunesses à petits métiers et les putains s'aspergeaient de la tête aux pieds, le Baron noir ne pouvait leur faire cet affront de perdre, de rendre les armes, de baisser pavillon.

Il y avait seulement cinq ans, cette bande de soiffards possédait des terres à ne plus savoir qu'en faire, des châteaux, des métairies, sans parler des armoiries ni des particules nobiliaires. Ils pénétraient à cheval dans toutes les églises de leurs provinces, pratiquaient le servage et le droit de cuissage de grand appétit, étaient parés des qualités de ducs, d'archiducs, de comtes ou de barons. Ils pataugeaient dans l'opulence, se baptisaient eux-mêmes diplomates, évêques, ambassadeurs ou consuls. Ils étaient l'orgueil, les fleurons de la très immortelle Russie.

Aujourd'hui ? Ils n'étaient plus rien. Ou presque. Ils avaient été balayés par les bourrasques de l'Histoire, avaient perdu leurs titres et leurs privilèges. Après la fuite somme toute peu glorieuse par les cinq ports de Crimée, ils avaient fini par trouver refuge ici, à Paris, ou bien encore dans le nord et l'est de la France. Pour ne pas crever de faim, ils avaient dû se résoudre à rejoindre en silence la masse anonyme des prolétaires. Ils s'étaient faits chauffeurs de taxis, artistes peintres, maçons ou, pour les plus nombreux, ouvriers à la chaîne chez Renault ou Citroën. Lorsque la paye tombait, à la fin de chaque semaine, ils se précipitaient en bandes désordonnées dans tous les rades qui les acceptaient et buvaient le résultat de leur sueur jusqu'à la dernière goutte, jusqu'au dernier sou. Le plus souvent, la virée s'achevait dans les caniveaux ou sous les portes cochères. Se soutenant l'un l'autre, ils entonnaient des chants traditionnels, la poitrine subitement secouée de sanglots, les doigts serrés jusqu'à la douleur sur les goulots des bouteilles de blanche que, pour rien au monde, ils n'auraient accepté de lâcher.

Derrière son comptoir, caressant d'une main machinale son épagneul naturalisé en position d'arrêt sur son socle de bois, le gros Clovis, patron tout-puissant des lieux, appréciait la scène tout en tirant sur sa bouffarde. Dans le coin le plus sombre de son établissement, la partie de bras de fer s'était improvisée et il avait laissé faire. Les Russes blancs n'étaient tout compte fait pas de mauvais bougres. Grands buveurs, bons payeurs, l'alcool leur rendait la larme facile et lorsque, en proie à leurs souvenirs, ils s'abîmaient dans leur nostalgie, ils en devenaient touchants. Avec un sourire, le gros Clovis de Montmartre ficha sa pipe encore fumante dans la gueule de son chien et vérifia d'un coup d'œil discret la présence rassurante de sa barre à mine disposée sous la caisse. Ces grands gaillards barbus qui ne rêvaient que de retour triomphal dans la sainte patrie étaient francs du collier, il n'y avait rien à redire là-dessus. Tant qu'ils faisaient la noce et s'embourbaient dans des murgées où le rire le disputait à la rage, ils ne faisaient de mal à personne et c'était bon pour le commerce. En revanche, le taulier du Chien qui fume ne pouvait pas en dire autant sur le compte de l'adversaire d'un soir du Baron noir.

Plutôt petit et râblé, avec une gueule de boxeur cabossé et une dégaine de poète qui peine à trouver ses rimes, il faisait partie d'une engeance que le gros Clovis craignait, de façon instinctive. Dans son pardessus de gros drap râpé jusqu'à la corde, avec sa large cravate froissée, ses pantalons trop courts et ses chaussures crottées, c'était un solitaire. Il était l'un de ces hommes que la Grande Guerre avait mâchonnés, leur broyant les nerfs, les rendant insensibles à tout, un de ces pauvres hères qui n'avaient pas le sou et que l'alcool ne parvenait même plus à saouler convenablement. Par le peintre Modi, un fameux client celui-là, le bistroquet avait appris qu'il se faisait appeler Cendrars, Blaise Cendrars. Et c'était tout. Des comme lui, Paris en regorgeait et il ne se passait pas un seul jour sans que les journaux ne rapportent quelques cas de suicides désespérés, parfois des assassinats commis pour un litron de rouge ou une carotte de tabac.

Sans rien dire, l'homme était arrivé au Chien qui fume avec la fin du jour. Avant de pousser la porte du beuglant, il s'était immobilisé sous le crachin afin de compter ses quelques sous. Le front bas, il était allé s'asseoir dans ce coin de ténèbres, se contentant de commander un café qu'il avait bu à petites gorgées, ne s'interrompant que pour prendre des notes avec un bout de crayon minuscule sur un carnet pas plus grand qu'un paquet de gris. Lorsque les Russes blancs avaient débarqué en braillant, la panse déjà remplie d'eau-de-vie, il n'avait pas levé un sourcil et s'était contenté de racler du bout de sa cuillère la mélasse de sucre froid qui se figeait dans son mazagran de terre.

Au moment de quitter les lieux, il avait empilé près de la soucoupe quelques piécettes percées faisant le compte. Il aurait dû disparaître comme il était venu, une silhouette anonyme, pétrie de solitude, à laquelle personne ne prête la moindre attention. C'est alors que l'un des Russes blancs, déjà bien éméché, l'avait bousculé et copieusement insulté. Face au flot de paroles, l'homme à la gueule froissée par la vie s'était tenu coi un instant. Puis, d'une voix légèrement nasillarde, il avait répliqué en russe. Aussitôt, les compagnons de la débâcle de Crimée s'étaient approchés, les uns l'air menaçant, les autres affichant des sourires incrédules. En plein cœur de Paris, dans le quartier de Montmartre, on voulut comprendre qui était cet homme si mal fagoté, encore plus à plaindre qu'eux. Les questions commencèrent à pleuvoir, on le poussa même à l'épaule pour tenter de savoir qui se cachait derrière cette ombre qui parvenait, sans effort apparent, à rouler ses cigarettes d'une seule main.

D'une voix de stentor, avec un accent roulant des galets de rivière dans son cours à chacun de ses mots, le Baron noir intervint alors :

« Qui être toi ? Toi parler russe mais toi pas russe, pas vrai ? »

Sans quitter l'homme des yeux, l'écrasant de toute sa masse de montreur d'ours, il ajouta, péremptoire :

« Patron ! Remplis les verres de mes amis ! Et apporte aussi chopine pour petit monsieur. Il me plaît, celui-là. »

Pour décider le taulier à s'exécuter, Igor Ivanovitch Ivanenko tira de sa poche une poignée de monnaie qu'il fit tomber en pluie sur la table, avant de préciser :

« Moi, je paye tournée. Tournée d'après, c'est pour celui qui parle russe mais qui n'est pas russe… »

Avant même d'avoir pu refuser, l'homme s'était retrouvé derrière une bière plus riche de faux-col que de costume, tiède et partiellement éventée. Puis, une deuxième avait fait son apparition, immédiatement suivie de quelques autres qu'il avait liquidées avec une moue satisfaite. Bien entendu, il n'avait pas le premier sou pour régler sa consommation, *a fortiori* les tournées de blanche qui s'enchaînaient dans les rires et les beuglements où, toujours, revenait le même mot répété à l'envi, définitif, doux comme une promesse d'amour, plus violent que la morsure d'une femme : Russie !

Lorsqu'il jugea que le Baron noir avait ingurgité plus que son content d'eau-de-vie, l'homme s'était séché les lèvres d'un revers de manche et avait allumé deux bougies qu'il avait disposées de chaque côté du guéridon de bois. Puis, en quelques mots de russe bien sentis, il avait apostrophé Igor Ivanovitch Ivanenko et lui avait proposé de jouer la totalité des tournées au bras de fer. Dans sa pelure noire, celui-ci n'avait pas hésité l'espace d'une seconde. Ce petit blanc-bec au crâne rasé sous son béret, il n'allait en faire qu'une bouchée, lui arracher peut-être même le bras et le brandir comme un trophée. Le doute n'était pas permis.

Immédiatement, un cercle s'était formé autour de la table bancale. Sans se soucier du fait que son adversaire lui tendît sa poigne gauche, le Baron noir s'en saisit en riant, planta son coude sur le bois auréolé de taches et attendit sans hâte le signal du départ. Pendant que ses compagnons lui assénaient des claques vigoureuses dans le dos, il prit le temps de plonger son regard dans celui de son rival d'un soir. Les yeux de l'homme étaient d'un bleu délavé dont la teinte douce faisait songer à celle que prennent les vieux vêtements de travail à force de lavages, de coups de battoir et de brosse de chiendent. C'étaient les yeux d'un être qui en avait déjà beaucoup trop vu malgré ses trente-sept ans et que rien, absolument rien, ne semblait pouvoir impressionner. Pour se donner une contenance, Igor Ivanovitch Ivanenko ricana bruyamment, puis il s'ébroua en chien mouillé. Il était sûr de lui. Il était réellement une force de la nature et il l'avait mille fois prouvé lors des batailles qu'il avait menées contre les communistes, ne rechignant jamais à partir à l'assaut à la façon d'un forcené, embrochant la viande humaine d'estoc et de taille, écrasant sans sourciller les crânes et les poitrines avec la poignée de son sabre. Il n'avait jamais eu peur de rien, se riant de la poudre, du fer et du feu mais là, à cet instant précis, Igor Ivanovitch Ivanenko se sentit subitement pris au piège de ce regard calme et déterminé. C'était celui d'un homme qui avait déjà croisé la mort. Il l'avait serrée contre lui, en corps à corps, pour une valse lente comme celle que, dans son dos, les grisettes et les gandins de quatre sous, les tendrons et les besogneux de la rapine dansaient au rythme désespéré d'une goualante que venait de créer Emma Liebel, *Autour des usines.*

Peu à peu, le Baron noir sentit son épiderme se couvrir d'une sueur glacée et sa colonne vertébrale se hérisser de frissons douloureux. L'interprète de la complainte, juchée sur une caisse, mal à l'aise dans sa robe de coton grossier, le visage luisant d'une jeunesse ingrate, criaillait maintenant pour se faire entendre. Sur chaque fin de vers, elle appuyait la note à s'en casser la glotte, ses bras malingres tendus vers l'avant.

« *Ce n'est pas un quartier rupin*
Y a pas d'hôtel, y a pas d'larbins
Mais des cheminées aux fumées noires
Qui sèchent la gorge et qui font boire… »

En retrait, le béret sur l'oreille, volontairement étranger à la scène, un pianiste à gilet rayé faisait le métier, un mégot coincé derrière sa moustache roussie. Il tapait sur le clavier sans plaisir ni dégoût, l'esprit ailleurs, rompu à cet exercice obscur d'accompagnateur, celui que personne n'écoute jamais.

« *Ça sent la graisse, ça sent la sueur.*
Ceux qui débutent ont mal au cœur
Mais le samedi chasse toutes les peines.
À la caisse, on touche la semaine… »

Lorsqu'un homme jappa soudain le départ du bras de fer et que la bande de Russes blancs se lança dans un hurlement ininterrompu qui ne fit même pas tourner la tête du pianiste, le Baron noir sursauta. Subitement, il se rendit compte qu'il venait d'avoir une absence de quelques secondes et que l'homme aux yeux délavés n'en avait même pas profité. Aussitôt, il assura plus fermement sa prise et, de toute la force dont il était capable, il tenta d'écraser le dos de la main de son adversaire sur la bougie enflammée. Celui-ci ne broncha pas, ne cligna toujours pas des yeux. Il résista et se paya même le luxe d'esquisser un sourire.

Le Baron noir crut tout d'abord à une hallucination. Aussitôt, il puisa dans son ventre toute l'énergie dont il était capable et tenta un nouvel assaut. Là encore, l'homme ne tressaillit même pas, se contentant de maintenir l'arc que formaient leurs deux bras à la verticale sur le plateau de la table. Autour d'eux, les vociférations reprirent de plus belle et le colosse de Crimée repartit pour une troisième tentative, les veines de son cou gonflées à rompre, la bouche déformée par un rictus.

Le petit poète demeura de marbre. Alors, Igor Ivanovitch Ivanenko sombra sans même s'en rendre compte dans un état second. Le vacarme environnant se dilua dans un silence ouaté que seule la voix crissante de la gamine parvenait encore à percer, de loin en loin :

« *On entre tout gosse en se disant :*
Je n'passerai pas ma vie là-dedans
Mais la machine, c'est comme la femme.
On la maudit, on la réclame.
Des fois la gueuse, d'un coup d'massue,
Vous casse une patte ou bien vous tue... »

L'homme aux yeux lavés de bleu, jugeant sans doute que son heure était venue, poussa progressivement de sa main gauche à la façon d'un vérin hydraulique qui se met en branle. Avec lenteur, il renversa celle de son adversaire vers la flamme de la bougie. Au ralenti, le bras tout entier céda, se tordit dans un mouvement contre nature et le dos de la main écrasa la chandelle avec un chuintement de poils brûlés. Pour la première fois de son existence, le Baron noir venait de perdre la partie.

Autour de lui, le silence se fit. À ce moment-là, la môme acheva sa valse lente :

« *Autour des usines, quand roulent les machines,*
On voit rôder les vieux aux pas tremblants.
Ils murmurent tristement : pouvoir plus rien faire que d'crever de misère
On envie l'sort des pauvres gens qui turbinent, à l'usine... »

Le front bas, Igor Ivanovitch Ivanenko se releva en bousculant sa chaise et demeura quelques secondes devant l'inconnu, maugréant dans ses moustaches des imprécations incompréhensibles. Lorsqu'il finit par régler les consommations en abandonnant un billet froissé en boule sur le plateau, le gros Clovis de Montmartre reposa sous la caisse sa barre à mine. Maintenant rassuré par la tournure que prenaient les événements, il récupéra dans la gueule de son épagneul empaillé sa bouffarde et la ralluma avec de petits suçotements satisfaits.

L'homme aux yeux d'indigo, lui, tira un paquet de Crapulos de la poche de son pardessus, un petit cigare pour pauvres qu'il tétait en gourmand et qui le changeait des bouffées âcres du gris quotidien. Afin de l'allumer, il se servit de la bougie, celle du vainqueur, celle dont la flamme, maintenant, montait droite et impassible dans le ventre du Chien qui fume.

*

« Alors ? Qu'est-ce qui t'amène, mon vieux ?

– Rien. Je suis juste venu boire une bière avec vous et, peut-être, vous entretenir d'une petite affaire. Rien de grave. Enfin, si on veut…

– Mazette ! Un rendez-vous avec le grand Esoterik Satie, le bon Maître d'Arcueil, pour moi tout seul ? »

Ne parvenant pas à réprimer une subite série de froncements du nez trahissant sa gêne, le nouveau venu balaya d'un regard inquiet la faune qui guinchait et buvait entre les murs du caboulot, avant de répliquer d'une voix de fausset :

« Ne vous moquez pas de moi, Monsieur Cendrars. Vous savez pertinemment que je ne suis le maître de rien, pas même de ma triste figure. C'est vous dire…

– Je ne me moque pas de toi, je mesure simplement ma chance. Je sais à qui j'ai affaire.

– Alors, vous en savez déjà sur ce seul point beaucoup plus que moi. »

Les yeux d'indigo un peu plus délavés encore par les effets conjugués de la bière et du Crapulos, Cendrars observa un instant Satie par en dessous. Scandant la liste avec l'index de sa main gauche, il énuméra :

« Monsieur le Pauvre, Monsieur le Proviseur d'Arcueil, le Bohême de Montparnasse, le Mage, l'Inconnu d'Arcueil, Monsieur le Pharmacien ou le Notaire, le citoyen Satie du Soviet d'Arcueil, le pote d'Alphonse Allais, le Vieux Maître de la jeune musique…

– C'est ce bon René Clair qui a eu l'idée amusante de ce dernier sobriquet. C'est un homme délicieux, ne trouvez-vous pas ?

– … le Dérangé de la rue Cortot, le Chantre de la Rose-Croix, le Portier de l'Église métropolitaine d'art de Jésus Conducteur et, le meilleur pour la fin : le Velvet Gentleman, le seul bonhomme dans toute la capitale qui porte des costumes de velours couleur moutarde ! Ce n'est plus un tête-à-tête, c'est une convention, un séminaire, une réunion d'anciens combattants ou de la communale, nom de Dieu ! »

Les deux mains élégamment posées sur le pommeau de son parapluie qui ne le quittait jamais, Erik Satie se rengorgea, partagé entre l'envie de sourire et celle de protester. À bientôt cinquante-neuf ans, il avait enfilé les existences comme d'autres les conquêtes féminines, ne s'attachant à aucune, glissant sur les modes comme sur les cercles de pouvoir et les chapelles, se protégeant du Tout-Paris grâce à une carapace patiemment ciselée dans l'humour, le mépris silencieux ou le sarcasme.

D'un claquement de doigts effectué avec une désinvolture toute britannique, il commanda au gros Clovis une chope de bière et s'enquit aussitôt :

« Monsieur Blaise, puisque nous sommes si nombreux dans mon petit costume – qui, je vous le fais obligeamment remarquer, n'est pas moutarde –, et comme c'est moi qui suis venu jusqu'à vous, nous sommes bien d'accord que c'est vous qui réglez les consommations. Et ne blaguons pas sur ce point. C'est une chose sérieuse. »

Se repoussant mollement sur sa chaise, le poète répliqua :

« Ça m'étonnerait, mon cher bon Maître. Je suis raide comme un passe-lacets. Et je vous fais remarquer, à mon tour, que c'est vous qui êtes venu vous asseoir à ma table. »

Aussitôt, le musicien porta sa main gantée à son visage et réajusta ses lorgnons sur la hampe de son nez. Enfin, tout en lissant entre ses doigts sa barbiche de chevrier taillée en pointe, il expliqua :

« Cher ami, je suis connu dans le quartier. Je veux bien boire l'apéritif avec vous, mais vous aurez remarqué que je n'ai plus l'âge de m'enfuir en courant.

– Quoi ? Le Maître n'a pas le rond ? Toi ?

– Ni le rond, ni le carré.

– Et encore moins l'ovale ou le triangle, je suppose.

– Vous supposez parfaitement bien.

– Et alors ? On ne va pas s'en faire pour si peu, non ? L'argent, ça finit toujours par se trouver. Ne t'inquiète pas, ma vieille… »

Tout en indiquant d'un mouvement du menton la brochette de Russes blancs qui, au comptoir, achevaient de s'arsouiller avec méthode, il se voulut rassurant :

« Ils paieront pour nous… »

Pendant une bonne demi-heure, l'étrange couple formé par le poète et le musicien resta muet dans le vacarme ambiant. Sur la piste minuscule au sol de terre battue mélangée à du gravier qui avait dû être blanc, des couples dansaient la valse musette à la façon de toupies. Impassibles, les hommes arboraient tous la cigarette roulée aux lèvres. Les femmes, elles, affichaient ostensiblement un air où le dégoût le disputait à la provocation, certaines portant une fleur à l'oreille, une goutte de sang rouge dans la masse luisante et élastique des cheveux noirs ramassés en chignon. Serrés l'un contre l'autre, avec un sérieux tragique, ils tournaient sur eux-mêmes comme ils l'auraient pu faire sur le plateau étroit d'un guéridon. En velours grosses côtes et coutil pour l'un, en fanfreluches et rubans de satin pour l'autre, sans dire un mot, sans même s'échanger un seul regard, ils valsaient avec obstination, avec le sentiment tout puissant d'être seuls au monde.

Cendrars et Satie s'étaient déjà croisés à trois reprises, au hasard de leurs errances respectives dans le Paris des artistes, tous plus ou moins montparnos, tous tirant le diable par la queue et tapeurs redoutables. Leur première rencontre, cependant, n'avait rien eu à voir avec la faune des littérateurs, des gribouilleurs et des compositeurs. Elle remontait à près de dix ans, chez la veuve d'un ami commun qui avait eu la triste idée de passer de vie à trépas dès le premier jour de l'offensive sur Verdun. Dans la cuisine enfumée, les deux hommes, accompagnés du jeune Georges Auric, s'étaient regardés en chiens de faïence, se méfiant l'un de l'autre, s'adressant à peine un salut d'un index porté à la tempe. La veuve, une opulente Marseillaise, s'était chargée de combler les silences avec des larmes généreuses et des plaintes ininterrompues, remplissant leurs assiettes d'une bouillabaisse fumante et improbable par ces temps de guerre. Chacun à leur tour, ils s'étaient levés, la bouche parfumée de safran, de poissons, d'ail et d'huile d'olive, pour serrer sur leur cœur cette Pénélope au verbe haut et à la poitrine secouée de sanglots. La guerre était une belle saloperie, c'était entendu. Ils compatissaient sincèrement à ce deuil qui venait de frapper la malheureuse. Pourtant, même durant ces effusions, ils ne lâchaient pas du regard les croûtons dorés qui s'abîmaient dans leur soupe épaisse, surchargés d'une rouille tout à la fois crémeuse et compacte. L'amitié était une chose magnifique. Mais la faim possédait le pouvoir terrifiant de rendre méchants et égoïstes même les individus les plus doux. Si l'un des deux convives avait eu la funeste idée de piquer un morceau de lotte de mer, de rascasse ou de vive dans l'assiette du voisin, ils en seraient certainement venus aux mains.

D'un point de vue strictement gastronomique, jamais deuil ne fut en tout cas aussi bien fêté. Des larmes sincères de tristesse s'étaient mêlées à celles de la reconnaissance du ventre, tant les deux hommes battaient en ce temps-là le pavé et s'endormaient, bien plus souvent qu'à leur tour, les entrailles grouillantes de faim. Ils burent aussi beaucoup, mais sans soif, simplement pour faire honneur à la cave ainsi qu'à la mémoire du défunt. Lorsqu'ils se séparèrent enfin, sur le pas de la porte, la soupière abondamment torchée avec de larges tranches de pain frais, le cérémonial du doigt porté à la tempe fut renouvelé. Ils grognèrent ce qui ressemblait à un au revoir. Comme deux chiens errants ayant trouvé de quoi se sustenter sans avoir à se battre entre eux pour cela, ils disparurent dans la nuit pluvieuse et froide, chacun de leur côté.

La deuxième entrevue, beaucoup plus formelle, eut lieu l'année suivante entre les murs de la salle d'exposition Huyghens. Il s'agissait cette fois, sur une idée de Jean Cocteau, de fêter ce que celui-ci nommait avec grandiloquence l'« Esprit nouveau » et de présenter au public rare et aux critiques encore plus absents ceux qui deviendraient le Groupe des Six. Debussy, Ravel, et même Stravinsky avaient vécu. Il était temps d'oser ouvrir des brèches dans la musique classique et de lui tailler des croupières. Sautillant comme à son habitude d'un bout de la salle à l'autre, Cocteau avait du Satie et du Bon Maître d'Arcueil plein la bouche. Il tressait aussi des lauriers à la façon d'un héraut des temps modernes à six gamins, posés l'un à côté de l'autre comme autant de santons dans une crèche, n'osant pas prononcer un mot, étourdis par le babil brillant et iconoclaste du poète. Durey, Auric, Honegger, Milhaud, Poulenc et Tailleferre étaient devenus, sans même y prendre garde ni même peut-être le vouloir, les adorateurs d'un Erik Satie qui, lui, grognait et râlait sans discontinuer dans sa barbe. Pour gagner trois ronds, Cendrars n'avait fait que passer dans la galerie. Entre deux vins, il avait nasillardé de son mieux des passages de ses *Pâques à New York*, de *La Prose du Transsibérien* et de *La Guerre au Luxembourg* pendant que le pianiste, derrière lui, interprétait de nouvelles pièces de sa composition dont l'apparente simplicité et la malice l'intriguèrent. Après avoir touché son cachet, il s'était échappé dans les rues et avait raconté à qui voulait l'entendre qu'il s'était emmerdé copieusement chez Huyghens.

En 1919, enfin, une nouvelle sauterie avait réuni les deux hommes lors d'une soirée impromptue, poétique et musicale, organisée dans la galerie de Léonce Rosenberg, l'Effort Moderne. Au milieu de dessins et de toiles de Fernand Léger, la voix râpeuse de Cendrars avait rémoulé quelques inédits sur les notes toujours inattendues de Satie. Au moment où ils allaient enfin faire connaissance, le hasard en avait décidé autrement. Cendrars s'était laissé entraîner par une bande de joyeux drilles dans une nouba à tout casser qui l'avait englouti corps et âme durant trois jours et quatre nuits. Satie, fidèle à sa nature sauvage, avait préféré regagner, à pied, son petit appartement de la banlieue de Paris, à Arcueil.

Un nouveau Crapulos aux lèvres, le poète plissa ses paupières d'éléphant jusqu'à les transformer en deux fentes laissant tout juste apercevoir une pupille vive. En recrachant un nuage de fumée, il se décida à interroger :

« Alors, tu vas me dire ce que tu me veux, à la fin ? »

Pour toute réponse, Erik Satie se tira à plusieurs reprises le bout du nez avec son pouce et son index, un tic dont il ne parvenait pas à se débarrasser. Après avoir vérifié machinalement le bon positionnement de ses bésicles, il chevrota :

« Il y a que Jean Cocteau est un imbécile.

– Pardon ?

– Jean Cocteau est un imbécile, une brute et un saligaud !

– Rien que ça ? »

Les joues subitement empourprées par la colère, les yeux arrondis comme ceux d'un moineau, le musicien repartit de plus belle :

« Cet énergumène est un dégoûtant, un vilain oiseau, un veau, un menteur ! Il a un melon de tous les diables et c'est de surcroît un idiot, une boursouflure ! Quelle engelure sur les jambes ! Quel phénomène ! Et il prend du ventre ! Moralement, bien entendu… »

Devant cette rafale d'amabilités, Cendrars émit un petit sifflement d'admiration et consentit :

« Si tu veux. Mais qu'est-ce que tu veux que ça me fiche, à moi ? Cocteau est un jean-foutre, c'est possible après tout. Mais pourquoi tu viens me dire ça, à moi ? Je n'ai rien à voir avec lui ni avec les gens qu'il fréquente.

– Mais vous les connaissez pourtant !

– Et alors ? Ce n'est pas parce que l'on fréquente des cons que l'on est un con soi-même.

– On peut le devenir. Méfiez-vous. C'est un travers qui s'attrape sans que l'on ne s'en rende compte... »

Devant l'air subitement glacial que venait de prendre Cendrars, deux profondes rides tranchant à la verticale ses joues creuses et mal rasées, le musicien se recula prudemment sur sa chaise. Puis, il osa :

« Alors ? Et mon ballet ?

– Quoi, ton ballet ?

– Vous m'aviez promis un ballet pour moi et pour Jean Börlin, avec des costumes de Picabia, de Gus Bofa ou de Tarsila de quelque chose, je ne sais plus...

– Et bien ?

– Où est mon ballet ? »

Afin de se donner le temps de la réflexion, Cendrars éclusa trois grandes gorgées d'une bière toujours aussi tiède, toujours aussi triste et éventée. Après avoir essuyé ses lèvres de sa manche gauche, il bredouilla :

« T'inquiète pas, ma vieille. Ton ballet, je te l'ai écrit.

– C'est vrai ? Vous ne plaisantez pas ? Mais où est-il ? Je n'ai rien reçu !

– C'est tout ce qu'il y a de plus vrai, mon bon Maître, et je ne plaisante pas. Je t'ai même pondu un truc formidable, pendant mon voyage au Brésil... »

À ces mots, Satie écarquilla des yeux d'enfant émerveillé. Plus pour le plaisir de prononcer ce mot que pour relancer le buveur, il répéta :

« Le Brésil... Le Brésil...

– J'en reviens tout juste, vieux moine. Un voyage tout ce qu'il y a d'épatant. Le Havre, Bilbao, La Corogne, Dakar.

Ah, Dakar… Il y a là-bas des Négresses merveilleuses, élégantes, insouciantes, distinguées comme tu ne peux même pas te l'imaginer. »

Se penchant par-dessus la table, il se mit alors à raconter les femmes d'Afrique, sur le ton de la confidence, dardant sur son interlocuteur un regard de fièvre :

« Si tu savais seulement ce que c'est que les Négresses de Dakar… Elles ont dans le moindre de leurs gestes la noblesse des princesses de ce bon Baudelaire et la nonchalance des aïs ou des bradypes de la forêt d'Amazonie. Lorsque tu passes dans les rues de poussière jaune de cette ville du bout du monde, elles ne te remarquent même pas, enturbannées, enrubannées, dans des boubous versicolores. C'est une merveille, je te dis. À ne pas en croire tes yeux. Elles ont les seins moulés par le coton peigné, quelquefois un enfant harnaché sur le dos ou bien encore dans le ventre. Lorsqu'elles portent la vie, elles marchent cambrées comme si elles présentaient un plateau de fruits mûrs. Et leur parfum te…

– Mon ballet.

– Pardon ?

– Je n'ai rien contre les créatures de l'Afrique, entendons-nous bien. Mais je ne suis pas venu vous trouver pour entendre parler de cela. Ce que je veux, c'est mon ballet. Celui que vous m'aviez promis, à moi et à la troupe suédoise de Jean Börlin. Où est-il ? »

D'un geste agacé du bras, Cendrars repoussa la cendre de son cigare tombée sur le plateau de la table. Un instant, il observa la gamine qui débitait dans l'indifférence générale une nouvelle complainte, nota que les Russes blancs ne tenaient maintenant sur leurs pieds que grâce à la barre de cuivre qui ornait le comptoir et, d'un ton rugueux, il finit par marmonner :

« Puisque je te dis que je l'ai écrit, ton ballet. Enfin, au moins l'argument. Ou le titre, c'est tout comme. Ça s'appelle *Après-dîner*. Ou *Cocktail-Party*. Ou *Relâche*. Ou *Entracte*, tu choisiras ce que tu veux. J'ai envoyé tout ça par Lettre-Océan, depuis le *Formose*.

– Une Lettre-Océan ?

– C'est un joli nom, n'est-ce pas ? Lettre-Océan. C'est déjà de la poésie. C'est mieux que de la poésie. Mais ce type de câble, ça ne fonctionne que dans le sens Ouest-Est, va savoir pourquoi… »

Avant que le musicien ne reprenne le feu nourri de ses questions, Cendrars darda sur lui son regard de serpent hypnotique et s'envola dans une nouvelle évocation :

« En tout cas, je te l'ai écrit, ton ballet. C'est une histoire de gens du monde, du grand monde. Ce sont de jeunes peigne-culs, pour être exact, qui font la foire dans une boîte de jazz à Pigalle. C'est structuré, mais ça part quand même dans tous les sens, tu peux me croire. C'est moderne, quoi. Il y a tout, dans ce ballet : l'amour, la mort, la désillusion, la peur de vivre. Et un peu de sexe aussi, de la sensualité. Tu pourras y mettre tout ton barda de notes, tous tes instruments. Il y a vraiment de quoi faire un truc formidable. Ça finit par la danse de trois balayeurs, dans le petit matin de Paris. Ils sont fins saouls, comme tu t'en doutes, et ils ne savent plus s'ils doivent s'adresser à la lune qui se meurt ou au soleil qui se lève pendant que les…

– C'est Cocteau ! »

Le cri que venait de pousser Satie avait claqué dans le Chien qui fume avec une violence qui surprit jusqu'à son auteur. Un instant, la gosse sur sa caisse s'arrêta de couiner *Les Roses blanches*. La cendre de la cigarette du pianiste atterrit sur les touches encore vibrantes du piano droit. Les Russes blancs opérèrent avec peine un demi-tour sur eux-mêmes et ce fut jusqu'au gros Clovis de Montmartre qui cessa de flatter de sa main l'encolure râpée de son épagneul.

Secoué par l'indignation, les fesses ne touchant plus sa chaise, le compositeur s'insurgea à nouveau :

« C'est Cocteau qui a volé l'opéra-ballet que vous m'avez écrit ! »

Interloqué, le poète se récria :

« Qu'est-ce que tu me racontes ?

– C'est ce saligaud de Cocteau qui l'a volé ! Je comprends tout, maintenant ! Börlin a dû recevoir la Lettre-Océan et la montrer à Cocteau. Et lui, il lui a dit de faire travailler d'autres compositeurs ! C'est bien dans ses manières, à ce vieux fourneau ! Mais ça ne va pas se passer comme ça, ça non ! Je le traînerai sur les bancs de la justice ! J'écrirai au président de la République, s'il le faut ! Me faire ça, à moi ! Ce malpropre qui pète dans la soie n'en finit plus de me gâcher la vie ! Mais je vais lui montrer qui je suis, moi ! »

Se penchant par-dessus la table encombrée de chopines vides, Cendrars posa sa grosse main sur l'épaule du musicien. De son air le plus doux et le plus compatissant possible, il tenta de le raisonner :

« Calme-toi, quoi… Ça ne peut être qu'un malentendu. On va tirer cette histoire au clair, ma vieille. Je te le promets, tu vois ? »

Comme électrisé par le battoir du poète, Erik Satie fit un bond en arrière, se dressa à la façon dont un diable jaillit de sa boîte et s'exclama, faisant maintenant de grands moulinets avec son parapluie :

« On ne va rien tirer au clair, Monsieur Cendrars ! Cet homme-là est un nuisible, un danger pour l'art ! Un scribe de pacotille ! Un malhonnête ! Un sycophante ! Un fourbe et un malfaisant !

– Arrête, tu vas blesser quelqu'un avec ton pébroc !

– Je veux mon ballet, je vous dis ! Je le veux et je l'aurai ! Je vais aller de ce pas chez ce nabot ou plutôt chez sa mère, puisqu'il vit à ses crochets ! À son âge ! Je pars tout de suite, au numéro dix de la rue d'Anjou, Paris huitième ! Vous voyez ? J'ai même son adresse : dix, rue d'Anjou ! Dans le huitième ! Et je lui ferai rendre gorge ! Je le couvrirai de mon mépris, jusqu'à l'étouffer ! Je le... »

Soudain, Satie interrompit ses vociférations. Le silence avait entièrement figé le caboulot. Hormis le chuintement désagréable du gaz qui brûlait dans les lampes, l'on n'entendait plus rien sinon le souffle court du vieil homme qui, parapluie maintenant tendu au bout de son bras, faisait songer à un don Quichotte en train de combattre d'imaginaires moulins à vent. Son chapeau melon de guingois sur son crâne d'œuf, le compositeur embrassa avec lenteur du regard la salle qui le dévisageait. Un sourire gêné sur les lèvres encore frémissantes d'indignation, il se rassit très lentement, rouge de honte, le front plongeant sur sa chopine vide. Ce fut alors que, d'un pas lourd, faisant s'écarter sur son passage les couples de danseurs et les badauds, Igor Ivanovitch Ivanenko vint se poster devant les deux buveurs, les écrasant de toute sa masse, le visage rendu mauvais par l'alcool.

Pendant que le pianiste à gilet rayé, dans le fond, se remettait à taper sur son clavier et que la môme reprenait en chevrotant sa chanson réaliste, le Russe blanc s'adressa d'un timbre lugubre à Satie, les poings posés sur les hanches :

« Toi faire trop de bruit, petit homme. Beaucoup trop de bruit. »

Sans oser le regarder, celui-ci bredouilla :

« Je vous prie de bien vouloir m'excuser, Monsieur. Mais cela se voit que vous ne connaissez pas Cocteau. Si vous saviez de quoi est capable cette fripouille, je suis sûr que, vous aussi, vous seriez dans une rage folle. C'est un individu de la pire espèce et je vous jure que…

– Toi te taire ! »

Les trois mots, prononcés d'une profonde voix de basse, avaient atteint le musicien en pleine face. Immédiatement, il se recroquevilla un peu plus sur sa chaise et miaula :

« Mais parfaitement, Monsieur. Je me tais. Vous ne m'entendrez plus. Voilà. Hop ! Je me tais. Silence absolu… »

À ce moment-là, Cendrars sentit que l'atmosphère venait de virer du tout au tout dans le bistrot. Il connaissait les Russes pour avoir passé trois ans de son existence à Saint-Pétersbourg. Lorsque l'alcool échauffait les carcasses de ces grands gaillards comme cela était le cas pour le Baron noir, les problèmes n'étaient jamais loin. Si Satie avait soutenu crânement le regard de ce fort des Halles, l'issue aurait été bien entendu toute différente. Le musicien aurait gagné le respect du géant et il y avait fort à parier qu'ils seraient déjà tous deux en train de boire ensemble au comptoir du bar, se passant la bouteille, se tapant dans le dos, s'étreignant et pleurant dans le giron l'un de l'autre sur le temps qui passe, les amours mortes, les amis partis. Hélas, le musicien s'était affalé devant Igor Ivanovitch Ivanenko, pitoyable.

D'un ton qu'il voulut amical, le poète intervint alors :

« On ne va pas en faire une affaire d'État, l'ami. Mon copain s'est excusé. Ça suffira comme ça, non ? »

Sans quitter sa proie qui tremblait maintenant dans son costume trop ample pour ses épaules étroites, le Russe blanc grinça, encore vexé par sa défaite au bras de fer :

« Ça, pas être ton affaire. Ça être affaire personnelle entre petit homme et moi… »

En geignant un peu, pour la forme, Cendrars se leva et s'aperçut que le colosse lui rendait une bonne tête. Toujours souriant malgré l'atmosphère qui s'empuantissait un peu plus à chaque seconde qui passait, il marmonna :

« On va s'en aller, l'ami. On va pas faire du barouf pour si peu, pas vrai ?

– Toi partir. Meilleur toi partir, ça être vrai. »

Puis, ouvrant en grand ses mains baguées d'or et les tendant en direction de Satie, il ajouta :

« Mais lui rester. Moi régler personnellement problème avec petit homme… »

D'un coup d'œil, le gros Clovis de Montmartre envoya un gamin aux dents cassées qui se tenait près de la porte chercher la police. Le poste se trouvait à une rue de là et le gosse, habitué à ce genre de rixes, ne fut pas long à disparaître dans la nuit, en ricanant de plaisir.

Près du Baron noir, irrésistiblement attirés par la perspective d'une bagarre, les autres Russes blancs s'étaient approchés à leur tour. Ils étaient pourtant, à n'en pas douter, les meilleurs des hommes lorsque l'on avait affaire à eux de manière individuelle. C'étaient des brutes épaisses qui n'avaient certes pas beaucoup de manières ni d'éducation, mais ils étaient toujours prêts à rendre service, le cœur sur la main, partageant leur bouteille et leur frichti avec le premier venu pourvu que celui-ci, en retour, les écoute parler sans fin de leur chère Russie. En revanche, lorsqu'ils se retrouvaient comme ce soir-là en bande, chauffés à la façon de fers au feu de la blanche, ils avaient du mal à se tenir. Déjà, ils salivaient à la perspective d'une bagarre, d'une échauffourée durant laquelle, l'espace de quelques minutes, ils pourraient exulter et faire jaillir de leurs corps humiliés par l'usine toute la haine et toute la honte qui bouillonnaient en eux depuis que les communistes les avaient chassés de leurs terres.

Une dernière fois, le poète se voulut aimable et arrangeant :

« Allez, quoi… Tu vas pas t'en prendre à ce pauvre type, quand même ? »

À ces mots, Satie se souleva de sa chaise et tenta de protester. Avant même que le premier mot ne franchisse la barrière de ses lèvres, Cendrars le cueillit :

« Toi, tu la boucles. On parle entre hommes.

– Quoi ? Bon… Bon… »

De sa main gauche, le poète saisit la manche droite de son pardessus et l'agita devant le Baron noir, tout en plaisantant :

« Je suis un ancien de la Légion. Comme tu vois, cette putain de guerre m'a bouffé un bras jusqu'au coude, à la ferme Navarin. Tu vas quand même pas taper sur un mutilé, non ? Ce serait pas chic ! »

La manche vide flottant dans sa main valide, le poète comprit immédiatement qu'il venait de commettre un impair. Igor Ivanovitch Ivanenko avait été battu au bras de fer, c'était une chose difficile à avaler pour cette montagne d'orgueil slave, mais tout s'était passé à la régulière et, de mauvaise grâce, il l'avait accepté. En revanche, avoir été battu par un handicapé, autant dire une moitié d'homme, cela lui faisait perdre la face. Son honneur était sali. De grandes ouvertes, ses deux mains se refermèrent en deux poings menaçants. Derrière lui, un homme venait de sortir de sa poche un couteau de boucher à effiler, un eustache au manche gainé de cuir fauve qu'il se mit à pétrir entre ses longs doigts osseux.

D'un coup de pied, Cendrars fit alors tomber sur le flanc la table surchargée de chopines, mettant ainsi un obstacle entre les Russes blancs et lui-même. Puis, il souleva de sa main gauche un pan de son pardessus, au niveau du nombril, pour exhiber aux yeux de tous un pistolet qu'il portait, passé à sa ceinture. C'était un Browning qu'il affirmait avoir gagné lors d'une partie de poker enragée disputée avec le chef d'une bande de petites frappes qui sévissait du côté de Bastille.

Sans quitter le Baron noir des yeux, il grinça :

« J'ai dit qu'on n'allait pas faire du grabuge, tu vois ? Mon ami et moi, on va partir bien gentiment et…

– Biqui ! Biqui ! Biqui ! »

Soudainement électrisé, Satie venait à nouveau de sauter sur ses pieds et il tendait devant lui un parapluie tremblant qui désignait la porte d'entrée. Sous les regards interloqués des Russes blancs et du poète, il glapit à nouveau :

« Biqui ! Biqui ! Je suis là ! »

À partir de cet instant, les événements se précipitèrent comme si, brusquement, la réalité se déroulait en mode accéléré. Le musicien, les larmes aux yeux, la pointe du pébroc dirigée vers la porte, un sourire incrédule et ravi sur les lèvres. Près de l'entrée, une femme, ses cheveux avec des reflets d'amadou, de miel et de châtaigne, dans lesquels les halos des lampes à gaz viennent allumer un incendie, des cheveux retenus par un ruban teinté de bleu des Flandres. La masse des Russes blancs qui s'avancent en grognant et la font disparaître derrière leurs épaules larges. Le gros Clovis qui cache son épagneul naturalisé sous son comptoir et sa main qui ressort, armée de sa barre à mine. Le pianiste qui referme le couvercle sur le clavier avec une mimique fataliste. La môme qui saute de sa caisse et s'enfuit en trois sauts. Des cris, surtout des hurlements de femmes et des insultes en russe. Des coups de sifflets stridents. La porte d'entrée que les pandores enfoncent bien plus qu'ils ne l'ouvrent. Le gamin aux dents cassées qui se frotte maintenant les mains de plaisir. Les Slaves qui se mettent à en découdre avec les condés. Les coups de poing, les gifles, les bâtons blancs qui volent. La main gauche du poète qui saisit au collet le musicien et le pousse devant lui vers une porte dérobée, dans le fond de la scène de misère. Dans leurs dos, les imprécations qui pleuvent, les cris d'orfraies des filles de rien, les grognements des hommes dans l'effort, les chocs des poings qui s'écrasent, le martèlement des croquenots ferrés sur le sol, les chopines et les bouteilles qui volent en éclats. Satie au bout de la main valide de Cendrars, le nom de Biqui, de sa Biqui, qui se dilue et se perd définitivement dans le vacarme des jurons. Un couloir noir, graisseux, humide, qui s'ouvre enfin sur une arrière-cour encombrée de caisses, une porte vermoulue qui valdingue sur ses gonds d'un coup d'épaule rageur, la rue sombre et vide et mouillée de pluie.

L'éclair de châtaigne et de miel et d'amadou a disparu.
Le musicien et le poète sont dehors.
Libres.

LE GRAND REQUIN BLANC DE DAKAR

Après avoir giclé dans la rue des Abbesses, les deux hommes avaient pris leurs jambes à leur cou et s'étaient laissé aspirer par tout un écheveau de passages et de cours, d'arrière-cours, de sentes sauvages connues des seuls habitants de Montmartre, se tordant les pieds sur les pavés, pataugeant dans des flaques d'eau croupie et des ordures qui pourrissaient en tas. Tirant derrière lui un Satie qui peinait à suivre la cadence, Cendrars avait foncé sans l'ombre d'une hésitation. Il avait emprunté mille fois chacune de ces artères noires et puantes et les connaissait sur le bout des doigts. Le musicien, lui, faisait de son mieux pour suivre le rythme et se cognait parfois contre des seaux ou des poubelles de tôle qui se mettaient instantanément à hurler leurs jurons métalliques dans un ciel que l'on aurait dit calfaté au goudron marin. Au bout de quelques minutes de cette fuite éperdue, le duo avait peu à peu ralenti, jetant tout de même de fréquents coups d'œil vers l'arrière afin de vérifier qu'il n'avait pas été suivi. Enfin, le poète et le compositeur s'immobilisèrent sous un lampadaire éteint de la rue Lepic.

Du temps que Satie s'époumonait, une main tremblante posée sur sa poitrine où battait la sarabande d'un cœur affolé, Cendrars vérifia rapidement la présence rassurante de son petit Browning à sa ceinture. Puis, il fouilla ses poches à plusieurs reprises avant de lâcher, d'un ton de dépit :

« Merde. J'ai laissé mes Crapulos là-bas. Un paquet presque plein, tu te rends compte un peu… »

Se retenant comme il le pouvait au corps de fonte du lampadaire, Satie lança :

« On y retourne… Il faut… Il faut qu'on y retourne… »

Le poète réajusta sur son crâne rasé son béret et maugréa :

« Où ça ? Au Chien qui fume ? »

Comme le musicien se contentait d'approuver de la tête, incapable de prononcer une parole supplémentaire, Cendrars grogna :

« Tu veux retourner dans ce coupe-gorge pour un paquet de cigares ? T'as pas froid aux yeux, toi !

– Il faut… Il faut…

– Respire donc, ma vieille. Il me reste mon paquet de gris. Tu veux que je te roule un mégot ? »

La main toujours posée sur le cœur, Satie lâcha comme à regret le corps glacé de son réverbère. En titubant, le regard halluciné, il commença à repartir lentement sur leurs pas. Aussitôt, Cendrars fondit sur lui et, le saisissant au col une nouvelle fois, il le secoua à la façon d'une marionnette vide, tout en glapissant dans le silence de la nuit :

« Qu'est-ce que tu fous ? T'en as pas eu assez, avec les Russes ? Tu veux repartir là-bas pour qu'ils te finissent ? Si j'avais pas été là, ils te transformaient en mou pour chat et ils te faisaient sauter les deux yeux avec une petite cuillère, espèce de toqué ! »

Prisonnier de la poigne, Satie se contenta de lever sur lui un regard désolé et trouva la force de répliquer :

« Mais il faut… Il faut y retourner… »

Les secousses s'espacèrent peu à peu, jusqu'à cesser complètement. Dans son costume râpé et son col de celluloïd qui se faisait insensiblement la malle, il geignit une nouvelle fois, à la façon d'un enfant :

« S'il vous plaît. C'est important…

– Mais j'ai pas envie de clamser, moi. J'ai échappé aux Boches, à la guerre et à la famine. Ce n'est pas pour me faire faire le sourire sous la gorge par des Russes à moitié fous ! »

Ce disant, il passa brutalement son pouce sur son cou pour imager la course d'un couteau. Pendant que le musicien continuait à l'observer avec ses yeux suppliants, il tenta de plaisanter :

« Regarde-toi un peu, ma pauvre vieille. Tu es épais comme un moineau en hiver et tu voudrais te cogner avec des cosaques ivres morts. Mais il faut un physique pour ça. Tu ne tiens pas à la vie, ou quoi ? C'est un coup à se faire étriper, je te dis. Estime-toi heureux si on a encore nos deux bras et nos deux jambes. Enfin, pour moi, c'est une façon de parler… »

D'un geste brusque, il réinstalla sur le crâne du bonhomme son chapeau melon et rectifia la symétrie de son col, avant d'épousseter le devant de sa redingote. Satisfait, il reprit, sur un ton plus posé :

« Un paquet de Crapulos de foutu, c'est triste, je le reconnais. Mais ça ne vaut pas la peine de se faire crever la paillasse pour ça.

– Je me moque de vos Crapulos.

– Qu'est-ce que tu dis ?

– Je vous en paierai d'autres, des cigares. Quand je serai en fonds, bien sûr. Ce n'est pas pour cela que je veux retourner là-bas.

– C'est pour quoi, alors ?

– Biqui… »

Décontenancé par la mine béate qu'affichait maintenant Satie, Cendrars fronça un peu plus ses sourcils broussailleux et bougonna :

« Biqui ? C'est quoi, cette histoire ? Et c'est qui d'abord, cette Biqui ? »

Avec cette fois la mine supérieure d'un homme qui en sait plus que vous et daigne cependant vous adresser la parole, le musicien sourit entre les façades noires de la rue Lepic. Puis, il finit par souffler :

« Mais Biqui, voyons ! Vous ne savez pas qui est Biqui ? Vous êtes allé jusqu'au lointain Brésil et vous ne connaissez pas Biqui ? Quelle tristesse, tout de même… »

*

« Non, mais t'es complètement fou, mon gros père ! Toi ? Te marier avec moi ? C'est la meilleure de l'année !

– Mais Biqui, je vous promets que…

– Comment tu m'as appelée, morpion ? Biqui ? Je suis pas une chèvre que je sache ! Ni chèvre, ni chevreau. Je suis Suzanne !

– Mais c'est une parole d'amour, Biqui. C'est une voix qui m'a soufflé ce petit nom cette nuit, pendant que vous dormiez. Une voix venue de loin, de là-haut…

– Tu parles avec Dieu, maintenant ?

– Non ! Je n'oserais tout de même pas ! C'est Dieu qui me parle, c'est différent. Et c'est lui qui m'a demandé de vous appeler ainsi : Biqui. Biqui les beaux yeux, Biqui les mains douces, Biqui les pieds minuscules. Biqui, quoi… »

En bâillant à s'en décrocher la mâchoire, Marie-Clémentine Valade – dite aussi Suzanne Valadon – se retourna sur le grabat où elle venait de donner son corps et une nuit entière à Satie. Sa longue chevelure flamboyante tombant sur sa poitrine menue, barrant la peau laiteuse de son buste de deux rivières couleur châtaigne, miel et amadou, elle caressa rêveusement la barbiche de son amant. Dans le petit soleil du matin qui se frayait un chemin à travers les persiennes, elle murmura :

« Ça m'étonne pas qu'on t'appelle le Dérangé de la rue Cortot, mon petit loustic. Tu peux me baptiser Biqui, si ça te fait plaisir.

– C'est vrai ?

– Aussi vrai que je suis folle d'avoir couché avec toi. Mais, puisqu'il paraît que c'est Dieu qui t'a dit de m'appeler Biqui, j'accepte. J'ai de la religion, malgré ce que peut dire ma mère. »

Sur ces mots, elle s'étira longuement à la façon d'une chatte repue. Sûre de sa beauté, elle se mit debout sur le parquet aux lames mal jointes et recommença l'opération. Enfin, sans hâte, tout en fredonnant une complainte, elle s'approcha du placard qui supportait un baquet de zinc contenant un peu d'eau. Se penchant de façon provocante en avant, elle commença à faire ses ablutions, jouissant de sentir dans son dos le regard gêné du maître de musique.

Née par hasard dans la Haute-Vienne, fille naturelle d'une blanchisseuse, Marie-Clémentine Valade était une gamine du peuple qui avait grandi comme elle l'avait pu sur le ventre de la butte Montmartre. Dès ses seize ans, elle avait tout su, ou à peu près, de la réalité de l'existence. Possédant pour seul bagage un petit air slave, des attaches fines, un fessier et des épaules manquant pour le goût de l'époque d'un peu de lard rose, elle avait rapidement délaissé les petits métiers qui étaient le lot des enfants de sa condition pour embrasser la carrière de modèle. Avec ou sans talent, les peintres et les gribouilleurs pullulaient dans le quartier. Les demandes étaient nombreuses. Avec deux amies rencontrées au Chat noir, elle avait tâté du métier sans déplaisir, se déshabillant le plus naturellement du monde, ne s'embarrassant pas de chichi, trop heureuse de toucher ses trois francs pour des séances de pose qui étaient loin de l'épuiser. À la foire aux modèles qui se tenait quotidiennement autour de la fontaine de la place Pigalle, sa mine faussement ingénue avait immédiatement conquis l'ensemble des artistes, confirmés ou en devenir. Désormais, il ne se passait pas une seule journée où elle ne franchissait en chantonnant le seuil des ateliers de Toulouse-Lautrec, Puvis de Chavannes, Renoir ou Manet.

Alors qu'elle finissait de s'essuyer à l'aide d'un chiffon ramassé sur le dossier d'une chaise dépaillée, la Valadon – que Degas avait aussi surnommée La Terrible Maria, à cause de sa manie de sortir en cheveux dans la rue et de dire son fait à qui bon lui semblait en termes crus –, posa un regard attendri sur son amant d'une nuit. Ce petit bout d'homme, qu'elle avait rencontré la veille à l'Auberge du clou alors qu'il tapait sur un piano quelques accords de Debussy, l'avait émue. Tout de velours moutarde et râpé, les manches de sa redingote trop courtes laissant apparaître des poignets de chemise qui peluchaient, coiffé d'un haut-de-forme défoncé, il lui avait fait penser à un épouvantail flottant au milieu d'un étang d'ivrognes. Elle avait bu trop d'absinthe. Elle lui avait souri.

Lorsqu'il avait abandonné son instrument, cela avait été pour la rejoindre, d'un pas mal assuré, et c'était elle qui avait dû lui payer un verre. Une fois la glace brisée, le pianiste n'avait pas pu s'empêcher de se lancer dans des divagations qui l'avaient fait rire. Il ne lui avait pas parlé de ses yeux, de ses cheveux ni même de sa nuque. Rien non plus sur ses épaules qu'une chemise ample laissait à découvert et qui s'arrondissaient à la flamme d'une bougie, fichée dans un goulot de bouteille. Crachotant ses mots, parlant à toute allure, il lui avait déclaré avec fierté qu'il était compositeur, mais qu'il était surtout le créateur et le grand prêtre de l'Église métropolitaine d'art de Jésus Conducteur et qu'il passait le plus clair de son temps à jeter des anathèmes contre les malfaiteurs qui spéculent sur la misère humaine. Il était révolutionnaire. Musicien et révolutionnaire. Si elle acceptait de le suivre dans son galetas de la rue Cortot, il la nommerait sur-le-champ à un poste digne d'elle au sein de son parterre de pénitents noirs convers qui, affirmait-il sans sourire, étaient au nombre d'un million six cent mille trois cents…

Depuis son lit au matelas crissant de paille où il se trouvait maintenant à genoux, Satie lança d'une voix forte qui la fit sursauter :

« Ma Biqui ! Pour vous marier avec moi, il faut que vous deveniez l'une de mes catéchumènes et que je vous baptise dans l'eau de la Seine, séance tenante !

– Qu'est-ce que tu vas encore inventer, mon biquet ?

– Le biquet de Biqui dit que je vais annoncer notre mariage en couverture de mon journal, le *Cartulaire*. Enfin, ce sera chose faite dès que je l'aurai créé, ce qui n'est après tout qu'une question de quelques jours. Qu'est-ce que vous dites de ça ? N'est-ce pas formidable ? Tout bonnement formidable ? »

Après avoir ramassé en une épaisse queue-de-cheval ses cheveux de tabac roux et les avoir retenus avec un ruban d'une étrange teinte bleu pâle, la jeune femme vint s'accroupir devant le lit. Puis, elle prit entre les siennes les mains du compositeur et murmura :

« Mon gros loup, il faut arrêter de rêver maintenant. Je vais pas me marier avec toi, tu comprends ça ?

– Comment s'appelle votre mère ?

– Ma vieille ? C'est Madeleine. Pourquoi ?

– Madeleine ? C'est épatant ! C'est tout un programme ! Demain, j'irai donc rendre une visite très officielle à Madame Madeleine. J'irai chez elle, avec un bouquet de fleurs d'oranger et des gants blancs, comme cela est de mise dans les meilleures familles, et je lui demanderai votre main. »

Pour toute réponse, Marie-Clémentine Valade ne put s'empêcher de pouffer. Puis, un voile de mélancolie assombrissant subitement son regard, elle rétorqua :

« Elle serait bien foutue d'accepter, cette vieille vache. Juste pour se débarrasser de moi... »

Aux anges, Erik Satie coiffa immédiatement son haut-de-forme cabossé, gonfla sa poitrine maigre, puis il triompha :

« Madame votre mère sera donc d'accord ! C'est tout bonnement fantastique ! C'est bath, même ! Il ne me reste plus qu'à trouver les gants et les fleurs d'oranger. Demain, je serai chez vous, ma chérie Biqui ! Une existence d'amour et de félicité n'attend plus que nous ! Quelle veine ! Mais quelle veine extraordinaire ! »

Le modèle caressa du dos de sa main la barbiche emmêlée du pianiste et se redressa. En lui tournant le dos, elle marcha jusqu'à la porte du réduit en chaloupant, volontairement aguicheuse, et lança sans se retourner :

« Va demander ma main à ma mère si tu veux, mon petit père. Moi, j'ai du travail et je suis pas en avance.

– Mais vous n'avez plus besoin de travailler, ma Biqui d'amour ! Voyons ! Où allez-vous ? Restez ici !

– Je vais chez Lautrec. Lui, il demande pas ma main et il me paye en argent. Puis, il me laisse même peinturlurer sur des bouts de toile, quand on a fini les séances ou qu'il est trop saoul pour continuer. Il dit que j'ai du talent.

– Non ! N'allez surtout pas chez Lautrec ! C'est un satrape malfaisant ! Un faune ! Il court des histoires terribles sur ce nain priapique ! C'est un pervers, je vous dis ! Biqui ! Ma petite Biqui ! Vous ne pouvez pas me faire ça ! Vous êtes un ange ! Vous êtes si pure et si fragile… »

La fin des supplications du musicien se perdit dans la bouche béante de la porte d'entrée restée ouverte. Des larmes montèrent aux yeux d'Erik Satie lorsqu'il entendit décroître la cavalcade des talons de Suzanne Valadon, emportée tout entière par la volée d'escaliers.

*

Assis sur une poubelle, Cendrars finissait de se rouler une cigarette. Après l'avoir fichée entre ses lèvres, il considéra durant un long moment Erik Satie qui, devant lui, se dandinait d'un pied sur l'autre, tout tremblant encore d'avoir évoqué devant un étranger l'amour de sa vie. D'un mouvement sec, le poète craqua une allumette suédoise contre un mur et, piqué par la curiosité, il s'inquiéta :

« Tu es vraiment allé demander la main de cette Biqui ?

– Parfaitement, comme je l'avais dit. Avec les fleurs d'oranger et les gants blancs. Sachez que je n'ai qu'une parole, Monsieur Cendrars.

– Et alors ?

– Alors… »

Pinçant à nouveau son nez à plusieurs reprises entre ses doigts, le musicien finit par expliquer, d'une voix embarrassée :

« Madame Madeleine a accepté, sans barguigner. Ça m'a même surpris, au début, mais elle a accepté de me donner la main de sa fille.

– Et ta Biqui ?

– Le soir même, je suis allé l'attendre à la sortie de l'atelier de ce maudit Lautrec. Quand elle m'a vu, on a eu des mots, pour ainsi dire. Elle m'a giflé. Comme ça, sans raison. Et elle m'a dit qu'elle ne voulait plus me revoir de toute son existence.

– Mon pauvre vieux…

– Ça m'a démoli, vous pensez bien. Alors, j'ai composé une petite pièce de musique, juste pour elle. »

Les doigts s'agitant sur le clavier d'un piano imaginaire, Satie s'approcha du poète. Sans s'embarrasser de sa permission, il piqua sur ses lèvres le mégot rougeoyant et en préleva une profonde goulée. Jouant toujours de sa main gauche, les yeux au sol, souriant de manière ravie, il ajouta :

« Je l'ai appelée *Vexations*.

– C'est bien trouvé.

– Pour la femme qu'est Biqui, ce n'est pas grand-chose. C'est une toute petite pièce, de seulement quelques notes. Si l'on veut qu'elle exprime pleinement sa force, il faut cependant la jouer huit cent quarante fois de suite. Selon le tempo, le pianiste peut y passer de douze à vingt-quatre heures d'affilée, c'est selon. »

Face à la mine stupéfaite de Cendrars, il ajouta, toujours avec le plus grand sérieux :

« Mais j'ai pris la précaution de prévenir le concertiste,

soyons bien d'accord sur ce point. Le titre est *Vexations*, et il m'a semblé nécessaire d'ajouter comme sous-titre : *Pour jouer huit cent quarante fois ce motif, il sera bon de se préparer au préalable, et dans le plus grand silence possible, par des immobilités sérieuses…* »

Durant quelques minutes, les deux hommes fumèrent en silence. Étouffés par les façades aux fenêtres closes, des cris et des disputes résonnaient quelquefois, des rires fusaient, un verre ou une assiette se brisaient, mais tout cela se disloquait aussitôt dans la paix de la nuit. Montant vers eux, du fond de la rue Lepic, un allumeur de réverbères fit alors son apparition. À chaque fois qu'il stationnait sous un lampadaire, celui-ci finissait par piquer l'obscurité d'une lumière falote.

Après avoir écrasé son mégot tété jusqu'à l'extrême limite, Cendrars considéra son compagnon qui s'était assis sur le bord du trottoir, son parapluie soigneusement posé sur ses genoux. Depuis qu'il était venu au monde, il en avait toujours été ainsi. Il attirait comme une flamme les insectes les toqués en tout genre, les maboules, les marteaux, les foldingues, les désespérés du ciboulot, ceux qui avaient un grain en plus ou en moins, ceux que l'on moquait ou que l'on méprisait parce qu'ils n'agissaient pas comme il était coutume de le faire parmi les gens dits civilisés. Satie appartenait sans le moindre doute à cette engeance pour laquelle lui, le poète, se sentait empli d'une fraternité contre laquelle il ne pouvait rien.

De sa voix rugueuse, il l'interrogea :

« Cette histoire avec ta Biqui, ça fait longtemps ?

– Ça commence à faire un peu, oui. Mais dame, le temps passe vite…

– Et tu n'as pas essayé de l'oublier avec d'autres ?

– Biqui ? Vous êtes fou ! C'est un être rare, et qui plus est d'une pureté exceptionnelle ! Toutes les autres femmes, comparées à elle, ne sont que des créatures. D'ailleurs, depuis cet épisode malheureux, je n'ai pas… Disons que je n'ai pas encore… Enfin, vous me comprenez. Que voulez-vous ? C'est encore trop frais, dans ma mémoire. Je n'ai même pas réussi encore à oublier son parfum.

– Ça fait combien de temps, au juste ? »

S'autorisant un court instant de réflexion, le compositeur calcula mentalement. Comme s'il s'agissait de la chose la plus naturelle du monde, il énonça :

« Ça va faire bientôt trente-deux ans.

– Quoi ?

– Dire que je commençais à peine à m'y faire. Et il a fallu qu'elle me suive, qu'elle vienne me relancer jusque dans cette taverne du Chien qui fume. Les femmes, tout de même ! Quand elles vous ont dans la peau… »

N'en croyant toujours pas ses oreilles, le poète balbutia :

« Trente-deux ans ? Ça fait trente-deux ans que tu n'as pas… Rien du tout ? Pas même une petite… »

Sous la lune qui commençait à se frayer un chemin dans l'étoupe des nuages, Satie plissa ses paupières afin de mieux cerner la silhouette massive et trapue de son compagnon. Puis, il rétorqua, avec des hochements de tête qui marquaient sa déception la plus vive :

« Les grandes amours ne meurent pas, Monsieur Cendrars. Il y a tellement de médiocres qui croient aimer et qui ne font qu'échanger des baisers ou des étreintes. Lorsque le vrai amour vous frappe de plein fouet, à la façon de la foudre, il faut du temps pour se remettre, croyez-moi.

– Mais tout de même ! Trente-deux ans…

– Je vous imaginais plus poète que comptable. Votre petite *Jehanne de France*, dans son *Transsibérien*, m'avait donné cet espoir. Mais je vois que je me suis trompé. Restons-en là, si vous le voulez bien… »

Après s'être relevé, il adressa à Cendrars un mouvement sec du menton en guise de salut, puis il prit congé :

« Monsieur, j'ai bien l'honneur. »

Aussitôt, le poète l'immobilisa en lui barrant le chemin de son bras et il grommela :

« Halte-là, l'asticot ! Où crois-tu aller, comme ça ?

– Rechercher Biqui. Je vous ai ouvert mon cœur et vous savez désormais qu'il faut que j'aille la retrouver. Si je vous ai suivi dans votre fuite, cela a été contre ma volonté. Biqui est là-bas et il faut que j'aille la chercher.

– Où ça ?

– Au Chien qui fume.

– Tu es complètement timbré, alors ?

– Pas du tout. À l'heure qu'il est, elle est peut-être la proie de ces cosaques qui lui font subir les derniers outrages, qui sait ? Ou bien, elle a été arrêtée par la police. Quoi qu'il en soit, le gentleman que je suis ne peut pas l'abandonner dans cette situation fâcheuse. Cela serait de la dernière indignité. »

À ce moment-là, l'allumeur de réverbères s'approcha d'eux en sifflotant, portant d'une main son escabeau et, de l'autre, une perche de bois équipée d'un petit lumignon. Aussi large que haut, la bouille ronde comme une lune pleine, coiffé d'une casquette réglementaire, il ne prêta pas attention aux deux hommes, habitué qu'il était à croiser des épaves de toutes sortes dans les rues de Paris.

Pendant qu'il installait son marchepied et vérifiait la flamme de son lumignon, Cendrars tenta de raisonner Satie :

« Mon vieux, je ne peux pas te laisser repartir comme ça au beuglant. Tu vas attraper un mauvais coup.

– Je sens que ma Biqui me cherche. Et elle vaut bien quelques gifles, non ?

– À mon avis, ta Biqui ne vaut pas grand-chose, et surtout pas que tu prennes des torgnoles. Puis, si elle te cherche vraiment, elle te retrouvera. Si ce n'est pas ce soir, ce sera demain. Fais-moi confiance.

– Qu'est-ce que vous y connaissez, vous, aux femmes ? »

Grattant sa joue mal rasée du bout de ses doigts, le poète finit par admettre :

« C'est vrai qu'on ne connaît jamais bien les femmes. Elles sont trop différentes de nous. Mais il y a une chose sur elles dont je suis à peu près sûr.

– Laquelle ?

– Elles sont comme les barques de cabotage. Elles ne font presque jamais de long cours. Elles suivent les côtes, de phare en phare. Contrairement aux hommes, il est rare qu'elles mettent le cap sur la haute mer. Elles tracent leur route, sans perdre la terre des yeux.

– Qu'est-ce que vous en savez ?

– Si ta Biqui t'a dans la peau, elle te retrouvera toujours. Elle n'aura qu'à suivre les phares pour ne pas te perdre. »

À cet instant, le lampadaire fit lumière et emprisonna les deux hommes dans une flaque de clarté jaune. Sur son escabeau, le préposé refermait la vitre sans cesser de siffloter un *maxixe* à la mode lorsque le poète se fit plus amical :

« Allez, mon bon Maître. Elle n'est pas perdue, ta Biqui. Puis, c'est elle qui va te retrouver.

– Comment donc ? Paris est grand !

– Il lui suffira de suivre les lampadaires, parbleu ! Comme

les barques de cabotage, je viens de te le dire. Les femmes ont un sixième sens pour ça. À l'heure où l'on parle, elle sait déjà que tu seras au bout de la route qui s'allume.

– Vous croyez vraiment ? »

Prenant Satie par le bras, Cendrars s'expliqua avec toute la conviction dont il était capable :

« C'est comme ça que, moi, je m'en suis sorti, à Dakar. L'histoire est belle, tu vas voir. Au moment de l'escale pour le Brésil, j'avais accepté de monter sur une felouque et…

– Une felouque ? Ce n'est pas une embarcation latine de Méditerranée ?

– Écoute-moi et arrête de m'interrompre pour un oui ou pour un non, ça vaudra mieux. J'avais donc accepté de monter sur cette felouque avec deux Nègres, deux pêcheurs de gros pour aller taquiner l'espadon. Là-bas, il y a des spécimens qui flirtent avec les huit ou dix mètres, il faut le voir pour le croire. Bref, le jour tirait à sa fin, on avait les côtes en vue, la mer était d'huile et l'on n'avait rien attrapé depuis deux bonnes heures. Tout à coup, figure-toi que la ligne s'est tendue comme une corde de violon ! La felouque est partie à la façon d'une flèche vers le grand large. L'un des deux Nègres est tombé à la mer et je me demande encore comment il ne s'est pas noyé, ce bougre-là. Au bout d'un moment, à trente mètres de nous, on a vu bondir un arc-en-ciel bleu et luisant. Un véritable monstre ! Une bête magnifique qui s'est mise à donner des coups de queue à gauche, à droite ! C'était à croire qu'elle était possédée par le diable en personne et qu'elle faisait pour lui une danse de Saint-Guy !

– Un espadon ?

– C'est ce que j'ai cru, au début. Mais c'était mieux que ça. Bien mieux que ça, même.

– Qu'est-ce que c'était ?

– Un grand requin blanc… Tu ne me crois pas, n'est-ce pas ? Tu te dis que j'exagère. Mais écoute-moi bien jusqu'au bout et tu vas comprendre. C'était vraiment un grand requin blanc. Une espèce de sacré salopard qui nous a promenés pendant des heures. Parfois, il s'approchait de la felouque, comme pour nous narguer, et l'on aurait pu le toucher de la main. Puis, il repartait aussitôt, bien décidé à ne pas se laisser crever, bondissant, se cabrant, allant à hue et à dia ! Si j'avais eu mon Browning avec moi, l'affaire aurait été réglée avec deux ou trois balles, mais j'avais quitté le *Formose* sans prévoir le coup. Au bout de la ligne, ce squale donnait tout ce qu'il avait, passant et repassant sous la coque pour nous faire verser. »

Satie et l'allumeur de réverbères, maintenant, buvaient les paroles de l'aventurier. Les yeux pétillants dans la lumière qui semblait virer au sépia, celui-ci poursuivit son épopée :

« À en croire les étoiles de cette foutue nuit, ça a duré jusqu'à environ deux heures du matin. On était épuisés, découragés. Alors que mon Nègre allait renoncer et avait sorti sa machette pour trancher la ligne, figurez-vous que c'est le requin qui a abdiqué. Il s'était battu jusqu'à la limite de ses forces. La ligne a arrêté de se tendre. La felouque s'est immobilisée, peu à peu. Plus rien ne bougeait. Pas un bruit. Pas un clapotis. D'abord, je me suis dit qu'on l'avait perdu, que l'hameçon s'était décroché ou qu'il avait lui-même coupé la ligne avec ses dents. Face à une telle puissance de la nature, il n'y a aucune honte à avoir si l'on ne sort pas vainqueur de la bataille, croyez-moi. Je me suis dit qu'il avait dû rejoindre les fosses marines. À cet endroit-là du globe, elles s'ouvrent sur des kilomètres de profondeur et aucun sous-marin ne s'y est jamais risqué. Mais non… Au moment où l'on allait remettre à la voile, le squale est remonté de lui-même, le ventre en l'air, son grand corps agité des dernières convulsions nerveuses. On était au beau milieu de l'Atlantique, en pleine nuit, mais on avait remporté la lutte. On allait rapporter la bête au marché de Dakar où mes deux Nègres allaient certainement pouvoir en tirer un bon prix… »

Complètement sous le charme, Satie l'interrogea avec fébrilité :

« Mais comment avez-vous fait pour rentrer ? En pleine nuit ?

– On a arrimé la bête contre le flanc de la felouque et on a fait exactement ce que je t'ai dit, ma vieille. On s'est d'abord servis des étoiles pour mettre le cap à l'est. Quand on a vu les côtes, on les a suivies de phare en phare, en cabotage. »

Cendrars approcha alors son visage de celui du musicien et il ajouta, avec un clin d'œil complice :

« C'est exactement comme ça que ta Biqui va te retrouver. Elle va suivre les lampadaires dans la nuit.

– Vous êtes sûr de vous ?

– Aussi sûr que j'ai pêché le grand requin blanc, au large de Dakar, et que j'écrirai un jour un livre sur cette histoire. Ne te tracasse pas pour ta barbouilleuse et fais-moi un peu confiance, bourrique. Ta Biqui va faire ce que les femmes savent faire le mieux, en amour : du cabotage… »

Maintenant bras dessus bras dessous, les deux hommes disparurent en remontant la rue Lepic, en direction des réverbères qui n'avaient pas encore été allumés. Un pied toujours posé sur son escabeau, l'employé à bouille ronde et à casquette réglementaire se remit à siffloter son *maxixe* en regardant les deux acolytes s'éloigner. Décidément non, tous les toqués n'étaient pas enfermés.

L'ARLEQUIN DE LA CLOSERIE DES LILAS

« Allez-vous me dire à la fin où nous allons, Monsieur Cendrars ? Cela fait plus d'une heure que l'on marche...

– C'est vrai. Tu as du pognon pour prendre un taxi ?

– Non, mais...

– Alors tais-toi et avance. D'ailleurs, on est presque arrivés. »

En ce début de soirée, le boulevard du Montparnasse qui s'ouvrait devant eux brillait à la façon d'une Riviera électrique, tous lampadaires allumés, les devantures des restaurants et des brasseries ne lésinant pas sur une débauche de guirlandes et de lampions de couleur qui donnaient à ce grand boulevard de faux airs de fête foraine. Sur les pavés de la chaussée, les voitures pressées circulaient en flux régulier, pare-chocs contre pare-chocs, au milieu des réclames tape-à-l'œil. Avec des slogans racoleurs, les affiches et les enseignes s'imposaient aux chalands pour leur vendre, à grand renfort de dessins aux lignes épurées, mille et une nouveautés. Chocolat Gala Peter, alcool de menthe Ricqlès, chapeaux Delion pour l'homme moderne et élégant, poêles Godin, apéritifs Byrrh et Dubonnet ou cachous Lajaunie. Le citoyen à la page devait s'équiper coûte que coûte de jumelles prismatiques Goerz, de la 10 CV Vermorel, de Dentol en eau, en pâte, en savon et en poudre, sans oublier l'achat d'une Amilcar rutilante, d'une moto légère Austral, d'une camionnette Latil, et autre carburateur Solex.

Dans ce maelström de nouveautés et de promesses, toutes plus alléchantes les unes que les autres, les deux hommes avançaient comme dans les rayons du Bon Marché. Le nez en l'air, accompagnés par la symphonie ininterrompue des automobiles dont ils humaient les fragrances brutales composées d'essence brûlée, d'intérieurs cuir et de gomme tendre, ils jubilaient.

À quelques pas du numéro cent dix-sept, le poète interrompit enfin leur marche. Avec une attention presque paternelle, il remit d'aplomb le melon qui tanguait toujours sur le crâne dégarni du musicien et resserra sa cravate sur son col de chemise. En son for intérieur, il se désola un instant sur la longueur insuffisante de ses pantalons. Ceux-ci achevaient péniblement leur course au niveau des chevilles, refusant obstinément de recouvrir les croquenots ferrés et crottés. Tout de noir vêtu, Satie avait des coquetteries d'homme du monde, mais des moyens de crève-la-faim.

Avant de se présenter devant la haute porte à battants vitrée qu'un garçon en livrée défendait de toute intrusion extérieure, il expliqua :

« On n'a pas marché au hasard, tu sais ? J'ai bien pensé à ton problème et ta Biqui, si ça se trouve, elle est peut-être déjà ici.

– Vous êtes sérieux ?

– Ça se pourrait bien. Ça dépendra bien entendu des réverbères qu'elle aura suivis, ou pas. Et je t'ai déjà dit qu'avec les femmes, on n'était jamais sûr de rien. Mais si c'est une personne de goût, distinguée et qui a ses entrées dans le monde…

– Elle les a, Monsieur Cendrars ! Sans le moindre doute, elle les a !

– Alors, il y a des chances qu'on soit au bon endroit. Ce soir, la Closerie donne un bal masqué pour fêter je ne sais plus trop quoi. Peut-être rien, d'ailleurs. Quoi qu'il en soit, il y aura des gens bien, des rupins très comme il faut. C'est mon amie Sonia qui m'a donné le tuyau et qui m'a demandé de passer. Ça te dit ? »

Le musicien réfléchit un instant. Il avait conscience de la pauvreté de leurs costumes à tous deux et craignait plus que tout d'être la risée d'une assemblée qui, elle, serait sur son trente et un. Pourtant, il finit par acquiescer, du bout des lèvres :

« Pourquoi pas ? Mais, si c'est un bal masqué, je vous signale que nous n'avons pas de tenue. Je ne sais pas si…

– Ça ne fait rien. Puis, ta Biqui t'attend peut-être là, je te dis. On va entrer en blaguant, toi et moi, comme si on était des habitués. »

À la seule pensée que la femme de sa vie pouvait être de l'autre côté de la porte, à quelques mètres de lui, le compositeur se décida enfin tout à fait. Après tout, l'idée du poète n'était pas sans fondement. Biqui, même en deuil de sa propre mère, n'aurait manqué une fête pour rien au monde. Comme nombre de personnes de sa condition, elle était littéralement fascinée par le luxe, l'argent et les fastes que celui-ci pouvait offrir. Sa présence possible à la Closerie des Lilas devint très vite pour le compositeur une réalité, une certitude.

Sans lâcher des yeux les grandes baies vitrées de l'établissement qui soufflaient dans la rue de généreuses brassées de lumière, il se mit à trépigner. Le parapluie bien en main, il s'impatienta :

« Nous pouvons y aller, Monsieur Cendrars. Je n'attends plus que vous. Avec un peu de chance, nous aurons une bonne table pour inviter Biqui, près de l'orchestre. Mais il faut vous dépêcher !

– J'arrive. Et pas de blague, d'accord ? Il vaut mieux rester discret.

– Ne vous inquiétez pas. Nous sommes de véritables gentlemen et nous passerons pour ainsi dire inaperçus. »

Ce disant, il bomba le torse et, jouant avec distinction de son parapluie comme il l'aurait fait d'une canne anglaise à pommeau d'argent, il se dirigea vers l'entrée.

Dans la grande salle de la Closerie des Lilas, à seulement vingt et une heures, la fête ne battait pas encore son plein. Le portier, un jeune homme tout frais arrivé de sa province, n'avait fait aucune difficulté pour les laisser entrer, ayant certainement pris les deux hommes pour des originaux, des bourgeois trouvant sans doute cocasse de se montrer en public avec des habits de gueux, usés jusqu'à la corde, maculés par endroits de taches aux origines suspectes. Ces deux larrons empestaient pourtant la misère sans le moindre doute possible mais lorsque Cendrars, avec son meilleur accent de titi parigot, avait annoncé qu'ils étaient invités par Sonia et Robert Delaunay en personne, le cerbère s'était contenté de faire pivoter sur ses gonds le lourd ventail de verre et de cuivre poli.

Dès qu'ils furent dans la place, le poète et le musicien demeurèrent silencieux, saisis par le faste violent de cette soirée costumée. Dans le plus pur style Art déco, la Closerie brillait ce soir-là de mille feux et, tout autour de la piste de danse, des tables dressées commençaient à accueillir les premiers invités. Sur chacune d'entre elles, des seaux à champagne, des flûtes et des coupes de cristal étincelaient dans la lueur des lampes alimentées à l'électricité, des Tiffany en pâte de verre colorée dont les patchworks figuraient des fleurs largement ouvertes ou des papillons aux ailes déployées. Au fond de la salle, sur une scène équipée de pupitres, un orchestre de Nègres en frac à queue-de-morue s'échauffait et interprétait encore mollement *Red hot Mama*, un *fox-trot* de Ray Miller avec trompette bouchée, batterie, banjo, piano et guitare. Pour l'heure sensiblement plus nombreux que les invités, une armée de serveurs gominés circulait dans un ballet parfaitement réglé. Tous portaient des plateaux d'argent où des montagnes d'amuse-bouches salés s'amoncelaient, mettant à mal les lois les plus élémentaires de la gravité. Parfaitement rompus à l'exercice, ils remplissaient leur fonction avec une pointe d'ennui dans le regard, comme s'il s'agissait de la chose la plus naturelle du monde, s'esquivant les uns les autres au dernier moment, régnant sur leur carré de salle avec un soin jaloux. À chaque instant, de nouveaux convives franchissaient la porte d'entrée, certains déjà passablement imbibés d'alcool, d'autres battant des mains à la perspective de la nuit d'orgie qui se préparait, tous attifés de costumes extravagants et improbables.

La salle basse de plafond et noyée de fumée, le sol de terre battue et de graviers, les chopines et la blanche, les couples de gouapes et de causettes, de maquereaux à la petite semaine et de gagneuses aux yeux charbonneux, le piano bastringue et les goualantes de la môme perchée sur sa caisse de bois, tout cela était bien loin, maintenant. Ici, l'on était moderne et l'on ne jouait que du *jazz*, du *rag*, du *fox-trot* ou du *blues*. On ne dansait que le *shimmy*, le *one-step*, le *charleston* ou le *cake-walk*, autant de nouveautés que la guerre et les soldats américains venus mourir loin de chez eux avaient apportées dans leurs paquetages. Le musette, la valse-toupie, la polka et le quadrille, c'était pour le populo. En lieu et place de Fréhel, Berthe Sylva, Georgius ou Damia, les étoiles avaient pour noms The Knickerbockers, Duke Ellington, Cab Calloway, Satchmo ou Bessie Smith.

Alors que Cendrars hésitait à sortir son paquet de gris et regrettait amèrement d'avoir abandonné dans sa fuite sa boîte de Crapulos, une bande d'une vingtaine de fêtards fit son entrée dans la Closerie. Pour la plupart éméchés, ils bousculèrent sur leur passage les deux hommes sans même leur prêter attention, en riant aux éclats, balançant dans les airs de pleines poignées de confettis multicolores. Sous la lumière des lustres donnant à plein, ils étaient vêtus en Pierrot et en Colombine, en évêques pourpres, en pirates, en courtisanes outrageusement fardées, en Méphistophélès se donnant des airs sardoniques dans des collants rouge vif. Il y avait aussi un ange du paradis avec son auréole tenue par des fils de fer, un centurion romain, deux Vierges Marie, une Shiva aux multiples bras en celluloïd renforcé, tous arborant des masques qui dissimulaient avec le plus grand soin leurs visages.

Aussitôt, l'atmosphère monta d'un ton. Sur scène, l'orchestre attaqua, avec frénésie cette fois et des sourires forcés de dents blanches sur faces noires, *New kind of man*, un *fox-trot* que venait de populariser, outre-Atlantique, le Abe Lyman Orchestra.

Afin de fuir les déhanchements chorégraphiques maladroits des uns et des autres, le poète et le musicien trouvèrent une table près de la piste. Ils s'y installèrent et avalèrent coup sur coup plusieurs coupes de champagne, sous l'air réprobateur du maître de salle. Par la suite, celui-ci jugea d'ailleurs bien plus économique pour son établissement de faire servir à ces boit-sans-soif des verres de whisky. Cette nouveauté américaine, qu'il jugeait empester à plein nez la punaise écrasée, ne coûtait pour ainsi dire rien et avait le mérite de saouler avec une rapidité fulgurante.

Dans ce luxe ostentatoire et cette allégresse, Cendrars et Satie éprouvèrent malgré eux un certain malaise d'être les pauvres de la soirée. Souriant par politesse lorsqu'un fêtard les complimentait d'un clin d'œil complice ou d'un mot bref sur la réussite incontestable de ce qu'ils imaginaient être des déguisements, ils se sentaient comme au manège de Chantilly ou de Vincennes. Les élégantes tournaient sur leurs purs-sangs, sûres de leur séduction et de chacune de leurs figures. Les hommes riches les admiraient en battant des mains. Tout ce beau monde tournait en parfaite intelligence mais eux, les artistes obscurs, ils n'étaient que des imposteurs, des badauds. Pas même des lads ni des palefreniers.

Lorsque l'orchestre s'accorda un premier temps faible et interpréta *Everybody loves my baby* à la façon du Clarence William's Blue Five, Satie reposa son verre de scotch qu'il venait d'écluser sans plus de difficulté que s'il s'était agi d'une limonade. Le corps réchauffé par l'alcool, il se pencha vers Cendrars et demanda :

« Avez-vous repéré sous quel masque se cache votre amie, cette Sonia Delaunay dont vous avez donné le nom ?

– Absolument pas. Mais fais un peu attention à ce que tu bois. Je n'ai pas envie de te sortir en poids, si tu tombes ivre mort.

– Ne vous inquiétez pas pour moi, mon cher poète. L'alcool est mon meilleur compagnon, le plus fidèle qui soit. Et prenez donc l'un de ces cigares que le serveur vous propose de façon si aimable. Ils valent sans doute mieux que vos Crapulos.

Fumer est un plaisir qu'il est absolument interdit de s'interdire. D'ailleurs, mon médecin me recommande toujours fortement de fumer. "Fumez, me dit-il, sans cela un autre fumera à votre place." Cet homme est un sage, croyez-moi… »

Ce disant, il alluma avec une satisfaction et une gourmandise évidentes un cubain de la longueur de son avant-bras. Pendant qu'il se délectait des volutes, Cendrars entreprit de lui expliquer en quelques phrases qui était cette Sonia Delaunay qui l'avait si gentiment convié à cette soirée toute parisienne. C'était une artiste peintre qu'il avait rencontrée en 1913, en même temps que les Léger et Czaky, ainsi que toute la joyeuse bande d'intellectuels et d'artistes russes qui hantaient le Montparnasse de l'époque : Archipenko, Zadkine, Ehrenbourg, Marie Vassiliev, l'assassin de fonctionnaires Savinkov et tous les autres. Ukrainienne, Sonia avait été successivement gauguiniste, fauviste puis orphiste avant de devenir la chef de file des simultanéistes, l'un des sentiers de la création qui fleurissaient parmi tant d'autres dans les ateliers parisiens. Les tableaux ne suffisant pas à subvenir aux besoins du couple qui vivait sur un pied déraisonnable, elle avait eu l'idée de génie avec son mari d'appliquer à la mode et à la haute couture le résultat de leurs recherches chromatiques. Le succès avait été immédiat. Le Tout-Paris s'était pressé dans son premier magasin, puis dans ses ateliers de couture et jusque dans ses entrepôts, achetant à tour de bras, emplissant les carnets de commandes. Désormais, les bourgeoises replètes comme les aristocrates d'ordinaire blasées ne juraient que par le simultanéisme des couleurs. Bientôt, elle allait ouvrir une boutique monumentale sur le pont Alexandre III et serait, en sus, la coqueluche toute désignée de l'Exposition internationale des Arts décoratifs.

Après avoir avalé une nouvelle gorgée de whisky, Satie plaisanta :

« Vous êtes vêtu comme un clochard et vous fréquentez le pendant russe de Mademoiselle Coco Chanel ? Quelle ironie, tout de même.

– Sonia est une copine, c'est une bonne fille. Et son mari, c'est un chic type. Voilà tout. Puis, j'ai de la mémoire.

– Que voulez-vous dire ?

– L'année précédant notre rencontre, j'avais publié mes *Pâques à New York* aux Hommes Nouveaux, une maison d'édition que j'avais montée avec Szittya et Hanot, deux copains aussi fauchés que moi.

– Vous avez donc été éditeur ? »

Avec une moue, le poète répliqua :

« C'est un bien grand mot, mais qu'est-ce que tu veux que je te dise ? Quand les autres éditeurs ne veulent pas de tes poèmes, il faut bien trouver des solutions. J'avais vingt-cinq ans et je rêvais de gloire. Mes *Pâques* devaient me sacrer poète. En fait, elles m'ont pété à la gueule. Les critiques les ont détestées. Certains même ont parlé de fumisterie, d'excréments littéraires.

– Les imbéciles ! J'ai moi-même eu à subir ce genre de revers, mais je ne suis pas homme à me laisser faire. Mon ballet *Parade* s'est fait démolir par un nommé Jean Poueigh. Alors, je lui ai écrit une belle carte postale faisant référence au pétomane Joseph Pujol, en lui disant qu'il n'était qu'un jean-foutre et un cul, mais un cul sans musique.

– Et alors ?

– Rien. Ça m'a valu une plainte, une traduction en correctionnelle et huit jours de prison avec sursis. Apollinaire a voulu voler à mon secours, mais je crois que ça n'a rien arrangé, bien au contraire… »

À l'évocation du nom d'Apollinaire, Cendrars avait souri discrètement derrière son rideau de fumée. Sans quitter des yeux les contorsions frénétiques des danseurs, il conclut :

« Quoi qu'il en soit, Sonia et Robert m'ont ramassé. Elle a aimé ma prose du *Transsibérien* et elle m'a présenté à ses copains russes et même à Chagall, ce sauvage qui peint des vaches et des têtes coupées. Pour me faire sortir de l'ombre, elle a illustré ma *Petite Jehanne*. Elle en a fait le premier livre simultané. C'était un bouquin en accordéon qui atteignait les deux mètres, une fois déplié.

– Et ça a marché ?

– Non. Mais on a bien rigolé et ça a fait parler les cons. »

Soudain, comme cela avait été le cas entre les murs du Chien qui fume, Satie se figea sur sa chaise. Les yeux exorbités, il se dressa et tendit son bras en frémissant d'indignation, tout en grondant :

« Là… Là… »

Aussitôt, Cendrars l'attrapa par les basques de sa redingote et grogna :

« Si tu as encore cru voir ta Biqui, calme-toi et ne fais pas d'esclandre.

– Il s'agit bien de Biqui, à cette heure ! Ce n'est pas elle, non ! C'est lui ! Lui !

– Lui, qui ?

– Mais lui ! Là ! »

Suivant la direction indiquée par le doigt tremblant de colère, le poète ne distingua tout d'abord qu'un groupe de fêtards qui, au milieu de la piste, se démenait sur le rythme trépidant de *Tiger Rag*. Entre un homme préhistorique vêtu d'une peau de léopard et une créature marine mauve faisant songer à une méduse ou une pieuvre, un Arlequin maigrichon de petite taille et chaussé d'étonnantes poulaines multipliait les sauts de cabri. Le visage masqué par un loup de satin noir agrémenté de dentelles, il était littéralement en transe, tirant des pinces aux femmes comme aux hommes, son bonnet à grelots battant la breloque.

Sans lâcher le pan de costume de son compagnon, Cendrars maugréa :

« Qu'est-ce que tu me montres, mon vieux ? On dirait que tu viens de voir un fantôme… »

Tout à la fureur qui, maintenant, le submergeait, Satie s'entêta :

« Là ! Cet Arlequin ! Ce farfadet !

– Et bien ?

– Mais c'est… C'est Cocteau, voyons ! C'est ce voyou de Cocteau !

– Qu'est-ce que ça peut foutre ? Et qu'est-ce que tu lui veux, d'abord ?

– Moi ? Rien ! Je ne lui veux absolument rien, à cet énergumène. Je veux simplement le tuer ! »

Ce disant, il plongea braise première son cigare dans son verre de whisky et, se défaisant de la prise en une ruade, il fendit la foule en direction des danseurs, les deux poings faits. Sur son passage, les bergères et les mousquetaires en sueur, les reines et les fous, les cow-boys et les fakirs, les boxeurs en peignoir, les gitanes à créoles, les mages et les Cléopâtre s'écartèrent pendant que Cocteau, lui, ne se doutait encore de rien et continuait à jouer d'une batterie imaginaire, comme si des paires de bras supplémentaires avaient poussé comme par magie sur son torse malingre.

Parvenu devant lui, Satie fulmina encore en silence. Puis, après avoir arraché son loup sans ménagement, il aboya :

« Monsieur ! Vous êtes un voleur ! »

Probablement rendu euphorique par un mélange d'alcool et de cocaïne dont il était coutumier, l'Arlequin crut à une farce. Sans cesser de se trémousser, il s'extasia :

« Mais qui voilà ? C'est mon bon Maître d'Arcueil ! Mon Ange-Arcueil-se-Cachan ! Mon étrange paquet avec papattes !

– Monsieur ! Vous m'avez volé ! »

Après avoir tenté d'emporter de ses longues mains squelettiques le compositeur dans son sabbat, le danseur s'exclama :

« Satie ! Mon vieux au bois dormant ! Mon vieil ange qui cache ses vingt ans ! Mais c'est que tu me fais un caprice de midinette, ma minette ! »

À cet instant, Cendrars rejoignit le duo à pas pressés. Sous l'œil inquiet et réprobateur du maître de salle qui comptait parmi les admirateurs de Cocteau, il tenta de calmer les débats, saisissant Satie aux épaules :

« Allez, ma vieille. On a dit pas de grabuge. On est invités, n'oublie pas. »

Sur ces mots, l'Arlequin se jeta sur le poète et l'étreignit de la manière la plus confuse et désordonnée qui soit, tout en s'écriant :

« Erik Satie et Blaise Cendrars réunis ! Il fallait bien la magie d'un pareil soir pour assister à ça ! C'est l'eau et le feu ! La goutte et la braise ! Alléluia ! Alléluia ! »

Se tournant avec un enthousiasme renouvelé vers ses amis, il claironna de sa voix nasillarde :

« Et ils ne sont pas déguisés du tout ! Croyez-moi ! Ils sont en habits de ville, mes deux oiseaux ! Ne sont-ils pas réussis ? Ne dirait-on pas une réclame en couleur pour l'hôtel de la cloche de bois ? Ils sont tordants ! »

D'un geste brusque de son bras coupé, Cendrars se

débarrassa de l'accolade et, entraînant de force Satie à sa suite, il pesta en sourdine :

« Viens avec moi. On a mieux à faire.

– Mais c'est un voleur ! Il a volé l'opéra que vous aviez écrit pour moi ! Il faut l'envoyer en prison !

– Mon pauvre… Si on mettait en prison tous ceux qui piquent les idées des autres, il faudrait agrandir la Santé à tout Montparnasse. »

Gigotant toujours à la façon d'un chat mouillé que l'on tente malgré tout de garder entre ses bras, le musicien couina encore :

« Il ne peut pas s'en tirer comme ça, cet escroc ! Ce serait un crime ! Pire encore, ce serait une injustice !

– Ne t'inquiète pas pour ça. On n'en a pas encore fini avec lui. Pour l'instant, on a mieux à faire, non ?

– Mieux que de casser la gueule à Cocteau ?

– Oui. Il faut retrouver Biqui, n'est-ce pas ?

– Mon Dieu, Biqui ! C'est vrai… Vous l'avez vue ?

– Non. Et si elle n'est pas là, c'est qu'elle est ailleurs. Suis-moi maintenant et tiens-toi un peu tranquille. »

Après avoir récupéré en vitesse béret, chapeau melon et parapluie au vestiaire, le poète se fendit d'une moue d'excuse à l'attention du maître de salle qui surveillait de près la retraite des deux hommes, accompagné par quatre serveurs à l'air peu commode et au physique de lutteur de foire. Une fois dans la nuit glacée que refroidissait encore un vent traître venu du nord, Cendrars se retourna vers la Closerie des Lilas. Derrière les vitres embuées, la fête continuait à battre son plein. Là-bas, toujours au centre de la piste, Cocteau, bouteille à la main, fanfaronnait à qui mieux mieux et bondissait dans tous les sens, applaudi par sa nuée de courtisans. Un instant, le poète eut l'envie de retourner à l'intérieur et de gifler celui qui se disait découvreur des jeunes talents et impresario de l'époque, tout à la fois. Pourtant, il se ravisa, baissa les yeux et observa avec fatalisme ses chaussures, dont l'une bâillait atrocement et l'autre ne portait plus de lacet. Pour l'une des premières fois de son existence, il se sentit pauvre. Pauvre et humilié aussi par tout ce luxe tapageur, par ces femmes élégantes et ces hommes d'affaires qui, toutes les nuits, regagnaient leurs hôtels particuliers et leurs lits chauds dans les meilleurs quartiers de Paris.

En haussant les épaules, il fit demi-tour, saisit à nouveau le bras de Satie qui commençait seulement à se calmer, puis il lâcha :

« Viens avec moi, ma vieille crapule. On va la trouver, ta Biqui. Même si on doit fouiller dans tout Paris, on va la trouver… »

LES TRICOTEUSES DE L'OPÉRA GARNIER

« Alors ? Que faisons-nous, maintenant ?

– Tu fais ce que tu veux. Moi, je rentre dans mon placard, rue de Savoie. Je suis claqué.

– J'ai le regret de vous dire que c'est absolument hors de question, Monsieur Cendrars. Vous n'avez pas le droit de quitter le navire à la première avarie. Ce ne serait pas digne de vous. Et n'oubliez pas que vous m'avez promis de m'aider à retrouver Biqui. »

À l'angle de la rue de Grenelle et de la rue des Saints-Pères, le poète s'arrêta de marcher et ricana.

« Je ne t'ai rien promis du tout. Si je t'ai dit ça, c'était pour que tu arrêtes de faire du barouf. Et j'en ai plein les pattes, là ! Ta Biqui, ce n'est pas mon problème.

– Désolé, mais c'est devenu votre problème dès que vous nous avez fait lâchement fuir devant les Russes, souvenez-vous. Sans votre intervention, je…

– Sans mon intervention, tu te serais retrouvé au poste ou à Bicêtre. »

Jouant du bout de son pied avec une boîte de conserve qui traînait sa solitude dans la rigole, Satie finit par murmurer :

« Et mon opéra-ballet ? Il faut le retrouver tout de même, non ?

– Les Russes, ta Biqui, ton opéra-ballet, Cocteau, ta crise à la Closerie : tu ne crois pas que la mesure est pleine et plus que pleine ? S'il n'y a vraiment qu'un opéra pour te faire plaisir, je t'en écrirai un autre demain, voilà.

– Non.

– Comment ça, non ? »

Le musicien se renfrogna et, après avoir fait disparaître la boîte de conserve dans une bouche d'égout, il martela :

« Non. C'est celui-là que je veux. Celui-là et pas un autre.

– Qu'est-ce que tu peux en savoir ? D'abord, tu ne l'as même pas lu puisque tu ne l'as jamais reçu. Qu'est-ce que ça peut te foutre que ce soit celui-là ou bien un autre ?

– C'est celui-là que je veux. Vous l'avez écrit pour moi et cet opéra est à moi, c'est tout.

– Tu m'emmerdes, tiens… »

Le béret enfoncé jusqu'au milieu du front, lâchant de la buée à chaque expiration, Cendrars reprit sa marche, suivi de près par le compositeur qui ne le quittait pas d'un pas, l'observant par en dessous pour tâcher de capter son regard comme l'aurait fait un enfant capricieux. Au bout de quelques instants de ce manège, le poète se planta sur le trottoir. L'air subitement mauvais, il s'emporta :

« Eh quoi, alors ! Tu vas me suivre toute la nuit, comme un chien ? Mais tu n'as pas de fierté, ma parole ! »

Après avoir prudemment reculé d'un pas, Satie persifla :

« J'en ai en tout cas un tout petit peu plus que vous…

– Qu'est-ce que tu marmonnes ?

– Je dis juste que moi, je ne suis pas homme à me faire détrousser d'un opéra sans réagir. Voilà ce que je dis.

– Et qu'est-ce que tu voulais que je fasse à ce Cocteau de malheur ? Lui casser la gueule devant tout le monde ? Il est épais comme un fil ! En plus, il sort de désintox ! Alors ? »

Tête baissée, balayant à nouveau le trottoir devant lui avec l'un de ses croquenots, le musicien s'obstina :

« Je vous croyais plus courageux, voilà tout…

– Quoi ?

– J'ai dit que vous êtes très fort pour raconter vos histoires de poissons et de felouques – même si elles n'existent qu'en Méditerranée, je vous le rappelle. Mais dans la vraie vie, je vois qu'il n'y a plus grand monde…

– Tais-toi… »

Sentant qu'il venait de trouver un point sensible, Satie reprit de plus belle :

« Mais je constate que la situation vous convient ainsi, et c'est très bien. En tout cas, ce n'est pas la fierté qui vous étouffe.

– Je t'ai dit de la fermer…

– Comme le dit le proverbe, il y a souvent loin de la coupe aux lèvres. Et je sais maintenant qu'il y a un abîme entre vos histoires et la réalité. Le costume du héros de guerre est bien trop grand pour vous… »

Piqué au vif dans son amour-propre, Cendrars ouvrit alors son pardessus et dégaina soudain son Browning qu'il se mit à agiter sous les yeux épouvantés du musicien. Opérant un demi-tour sur lui-même, il gueula dans la nuit :

« C'est la peau de Cocteau que tu veux, alors ? Mais il fallait le dire ! Viens avec moi, canaille ! »

Le poussant dans le dos avec son moignon, il brailla encore :

« Puis, t'as raison, tiens ! Moi aussi, j'en ai soupé, de ces oiseaux de malheur ! De ces voleurs ! De ces fils à papa qui se croient tout permis ! Avance donc ! On va se le faire, celui-là ! Et ce sera juste le premier ! Avance, je te dis !

– Monsieur Cendrars !

– Qu'est-ce qu'il y a ? T'as les pétoches ? Laisse-moi te dire que ça tombe mal, parce qu'on va se le faire, lui ! Lui et tous ceux de sa race ! Ce soir, ça va être la Saint-Barthélemy des zouaves et des peigne-culs de salons ! Les dadaïstes ! Les cubistes ! Les surréalistes ! Les symbolistes ! Les modernistes ! Les futuristes ! Il va y avoir de la viande froide d'intellos sur le pavé de Paname, crois-moi ! L'artiste va se ramasser à la petite cuillère, nom de Dieu !

– Monsieur Cendrars…

– Et quand j'aurai plus de balles, on se les fera au couteau ! Qu'est-ce que tu dis de ça, hein ? Tout à la main, façon boucher ! Comme en 14, mon petit père ! Ça va être un règlement de comptes à l'échelle industrielle ! T'en fais pas, tu vas l'avoir le grand frisson des tranchées ! Mais qu'est-ce que tu fous ? T'as les foies ?

– Arrêtez… »

À bout de souffle, crachant une buée épaissie de vapeurs d'alcool dans la nuit, le poète cessa soudain de vitupérer. Trop de bière, de blanche, de champagne et de whisky ingurgités trop vite lui étaient montés à la tête à la façon d'un feu d'artifice de juillet. Les tempes en feu, il s'immobilisa et se mit à respirer à pleins poumons afin de chasser la vague de colère qui venait de le submerger. Devant lui, plus petit et vulnérable encore que d'ordinaire, Erik Satie s'était protégé avec ses bras des coups qu'il redoutait de recevoir, le visage fermé par une grimace. Voyant que rien ne se passait et que la fureur refluait maintenant, le musicien s'éloigna de quelques pas en reculant et se réfugia contre le mur d'un immeuble.

Sur un ton tout à la fois piteux et désolé, il hasarda :

« C'est sans doute vous qui avez raison, Monsieur Cendrars. La soirée a assez duré. Moi aussi, je vais rentrer chez moi, à Arcueil. Pardonnez-moi pour le dérangement... »

Se déplaçant toujours à reculons, il lança :

« Merci tout de même. Merci pour la soirée. »

Alors qu'il allait disparaître en direction du boulevard Saint-Germain, la voix du poète le retint *in extremis* :

« Attends !

– Monsieur Cendrars ?

– Attends-moi, je te dis. »

Après avoir remisé son Browning et reboutonné son pardessus, il rejoignit le musicien d'un pas rapide. Une fois à sa hauteur, évitant de le regarder en pleine face, il bougonna :

« C'est moi. Je n'aurais pas dû. »

Puis, il ajouta sur un ton qu'il voulut plus léger :

« Finalement, je n'ai pas grand-chose à faire, ce soir. En plus, c'est vrai, je t'ai dit que j'allais t'aider à retrouver ta foutue Biqui... Et tu apprendras que je n'ai qu'une parole.

– Vous ne blaguez pas ? C'est sérieux ?

– J'ai bien peur que oui.

– Ça, c'est chic. Et Cocteau ?

– Il ne faut pas pousser le bouchon trop loin, ma vieille. On repassera lui souhaiter le bonsoir, si c'est ce que tu veux savoir. Moi aussi, il m'a fait des tours de cochon. Mais, tout Cocteau qu'il est, il est quand même moins important que ton histoire d'amour, non ? »

À nouveau côte à côte, les deux hommes cheminèrent comme deux ombres dans les dédales de Paris, croisant pour l'essentiel des couples rentrant du restaurant ou du cinéma, encapuchonnés et disparaissant sous des couches de manteaux, de gilets, de redingotes et d'écharpes, les lèvres trop saisies par le froid pour parler. Ici et là, sous des portes cochères, des filles d'un moment aguichaient le chaland avec des sourires crispés qui faisaient s'ouvrir les deux ailes ensanglantées de leur bouche-papillon. Tout en maudissant par habitude le diable, le bon Dieu et tout leur train, elles fredonnaient des rengaines tristes, du temps qu'une cigarette fumait entre leurs longs doigts taillés en griffes.

Peut-être que, dans le silence de leur marche, les deux hommes pensaient encore à l'épisode de la Closerie des Lilas. Malgré sa réputation sulfureuse d'arriviste et de petit coq, Cocteau ne méritait sans doute pas une balle. Avec Cendrars, il avait même été capable de gestes chics en lui présentant Eugenia Errázuriz, une Chilienne fantasque qui mangeait de bon appétit sa fortune du Nouveau Monde en accueillant de manière fastueuse, dans ses multiples appartements et propriétés, certains artistes en peine d'argent. Cendrars, mais aussi Picasso ou Stravinsky avaient profité ainsi de ses largesses, oubliant pour quelques semaines la rigueur des poêles sans charbon et les coups répétés des huissiers aux portes des mauvais payeurs. De même, Cocteau avait répondu présent lorsque le poète avait créé, en 1916, la société Lyre et Palette, une amicale potache pompeusement destinée à révolutionner les arts en France. Régulièrement, elle réunissait dans des brasseries parisiennes où l'on buvait ferme Guillaume Apollinaire, Pierre Reverdy, André Salmon ou Max Jacob. Enfin, il avait aussi accepté de collaborer avec lui aux Éditions de La Sirène, occupant à ses côtés la fonction de directeur littéraire et donnant son aval, sans trop barguigner, pour la publication de son *Panama ou les aventures de mes sept oncles*, un livre poétique qui avait essuyé un nouvel échec auprès du public comme de la critique.

En envoyant valdinguer un trognon de chou pourri d'un coup de pied, rue du Bac, Cendrars grommela :

« Et merde… »

Cocteau ne méritait sans doute pas une balle, mais c'était tout de même un drôle de coquin, un petit animal rusé et d'un égoïsme forcené. Lyre et Palette ? Par des grenouillages peu avouables, il en avait récupéré la direction et, à la première occasion, avait fait passer le poète par la fenêtre. *Idem* pour les Éditions de La Sirène. Et ce n'était pas tout. Manipulateur en diable, Cocteau ne faisait jamais rien pour rien. Si, en 1920, il l'avait fait entrer comme premier assistant dans le *J'accuse* d'Abel Gance, ça n'était pas par altruisme. À l'époque, l'homme à la main coupée exposait à qui voulait l'entendre son projet de *Grand livre du cinéma* qui devrait comprendre des textes d'Apollinaire, de Chaplin, de Max Linder, d'Abel Gance bien entendu, et de quelques autres pionniers triés sur le volet avec le plus grand soin. Le nom de Cocteau n'y figurait pas. Lorsque celui-ci l'avait appris, il était entré dans une rage folle. Afin de figurer lui aussi dans l'ouvrage dédié à cet art nouveau, il avait comploté dans l'ombre, avait séduit Abel Gance, lui avait vanté les mille avantages qu'il aurait à prendre Cendrars comme premier assistant. Dès que le réalisateur avait fini par accepter, Cocteau était allé porter la bonne nouvelle au poète. Un service en valant un autre, Cendrars s'était senti obligé d'ajouter dans son projet de grand livre consacré au cinéma un chapitre dédié à celui qu'il pensait être son bienfaiteur.

Puis, il y avait maintenant cette histoire d'opéra-ballet disparu. Il n'y avait certes pas de quoi faire battre les montagnes ni ameuter les populations. Mais quoi ? On ne se servait pas dans les rêves des autres sans au moins leur demander leur permission, ça ne se faisait pas ! Ce n'était pas chic. Le poète comprenait la colère de Satie qui, lui, d'après ce qu'il en savait, avait avec le bonhomme un passé autrement plus tortueux et douloureux, un passé qui possédait toutes les apparences d'un passif.

Comme en écho, le poète entendit alors le musicien maugréer à son tour :

« Et merde… »

*

Après avoir franchi la Seine et parcouru de leurs pas réguliers et rapides une multitude de rues et de ruelles sombres, les deux hommes avaient fini par déboucher sur un nouvel îlot de lumières électriques. À l'extrémité de l'avenue de l'Opéra, sur la place du même nom, montait maintenant vers eux un extraordinaire bateau de pierre aux dimensions colossales que faisaient émerger et flotter dans la nuit de Paris des éclairages savamment orchestrés. L'Opéra… Ces camaïeux luminescents de jaune et d'orange, se déclinant du plus tendre au plus affirmé, semblaient prendre un malin plaisir à mettre en valeur, à cacher ou à dénuder, par le jeu subtil des projecteurs, les moindres détails de ce monument Napoléon III imaginé par Charles Garnier. Comme à chaque fois qu'il leur arrivait de passer devant le bâtiment, les deux hommes s'immobilisèrent un instant face à ce navire auquel ne manquaient que des bouches à canons et qui voguait sur les toits de la ville, tout de verre, de pierre, de bois et d'or. De gauche à droite, des sculptures grandiloquentes et délicates à la fois lui servaient de pavillons. Sous le dôme faisant songer à un couvercle de théière arabisante, en correspondances figées, ces statues de la poésie, de la musique instrumentale, de la danse ou de l'art lyrique ouvraient leurs ailes et tendaient leurs bras, semblant sur le point de tirer des drisses imaginaires et de faire mouvoir les roues crantées des cabestans cachés à l'intérieur pour mettre à la voile.

Comme Satie, d'un pas décidé, traversait l'avenue en faisant tourner dans sa main son parapluie toujours fermé, malgré le crachin qui saupoudrait Paris, Cendrars l'apostropha :

« Où va-t-on, mon vieux ?

– À l'Opéra. »

Dans son pardessus alourdi d'humidité, le poète plaisanta :

« C'est vrai que nous sommes attifés comme des milords. Je vois déjà les valets à casquette et épaulettes dorées qui nous déroulent le tapis rouge.

– Il est exact que mon nom ne compte tout de même pas pour rien dans le milieu de la grande musique. Mais de là à nous faire les honneurs du tapis, il y a un pas et même deux...

– Je blaguais, vieille noix. Si on se présente à l'entrée, on va se faire refouler comme des malpropres et ils n'auront pas tout à fait tort.

– Ils n'oseraient tout de même pas ! N'oubliez pas que j'ai reçu les Palmes académiques, moi ! Le préfet de la Seine me les a remises pour "mérites civiques", et j'en suis très fier même si j'ignore encore aujourd'hui ce à quoi cela correspond très précisément... »

Un pli amer aux coins des lèvres, il ajouta :

« Mais vous avez raison. Je ne compte pas que des amis ni des admirateurs, dans cette grande maison de l'art lyrique. Il va nous falloir être prudents.

– Alors, que faisons-nous ? Et pourquoi veux-tu aller dans cette usine ?

– Pour retrouver Biqui, voyons !

– Je croyais qu'elle était peintre.

– Elle l'est. Mais aux dernières nouvelles que j'ai eues d'elle, il paraît qu'elle vient souvent ici, la nuit, pour des études, pour croquer les danseuses et les petits rats de l'Opéra. N'est-ce pas charmant ? Si elle n'y est pas, nous pousserons jusqu'à son atelier. Il est au 12 de la rue Cortot. Je n'ai encore jamais osé y aller tout seul. Mais, avec vous, la musique n'est pas la même. Je me sens des audaces de chevalier teutonique, voyez-vous ? »

Hésitant à obéir, Cendrars objecta :

« C'est bien beau, mais ça ne règle pas notre problème.

– Lequel ?

– L'entrée. Ils ne nous laisseront jamais passer les portes. »

Avec une expression amusée qui se dessina derrière ses lorgnons ovales cerclés d'acier, Erik Satie balaya la remarque :

« Si nous ne pouvons pas passer par l'avant, nous passerons par l'arrière. Une vieille stratégie militaire qui a déjà fait ses preuves, vous n'êtes pas sans le savoir. J'ai une idée très précise de l'endroit où ma Biqui aime à se poster pour ses travaux de fusain.

– Tu en es sûr ?

– Arrêtez de faire votre ours mal léché. C'est agaçant, à la fin. Et faites-moi un peu confiance, mon ami. Vous ne le regretterez pas… »

Le musicien, l'air très sûr de lui, avait momentanément pris les commandes de leur expédition. Après avoir contourné la façade monumentale qui recrachait par petits paquets enthousiastes les derniers spectateurs en frac et robe du soir, le crâne encore résonnant de trilles et de contre-ut, les deux compères rejoignirent la rue Scribe via la rue Auber. Profitant d'un caravansérail où se bousculaient des manutentionnaires qui chargeaient et déchargeaient des décors et des caisses de bois, ils se glissèrent par le haut portail à tympan sculpté donnant sur une cour intérieure. De poches d'ombre en camions impatients aux moteurs tournant à vide, ils rejoignirent ensuite un premier escalier montant vers les cintres qu'ils gravirent en silence. Dans ces galeries austères, sans décoration superflue et réservées d'ordinaire à l'administration, aux livreurs, aux petites mains, au fonds de documentation ou au stockage de marchandises et de fournitures diverses, ils ne croisèrent à cette heure de la nuit pas âme qui vive. Ils étaient dans le ventre du navire, dans son cœur, dans la fabrique à rêves sans qui le bâtiment ne serait qu'une coquille vide posée sur l'océan, incapable d'avancer. Toujours sans échanger une parole, ils s'engagèrent ensuite dans des escaliers qui progressaient se rétrécissant, des points de lumière ne brûlant plus que de palier en palier qui, tous, desservaient sur chaque niveau des labyrinthes inquiétants de couloirs, de portes et de coursives sombres.

Au sixième et dernier étage, Satie s'arrêta pour souffler et s'aperçut, à sa grande satisfaction, que Cendrars ne l'avait suivi qu'avec peine, le béret maintenant à la main lui servant à éponger son front couvert de sueur. Le poète avait parfaitement l'âge d'être son fils et, pourtant, celui-ci ahanait, incapable pour l'instant de prononcer le moindre mot malgré les regards de réprobation qu'il ne pouvait s'empêcher de lui lancer.

Avec une mimique complice, le musicien posa sa main sur l'épaule de son compagnon et, à voix basse, dans l'obscurité que ne venait plus troubler que la lumière d'une petite ampoule fichée dans le mur, il expliqua :

« Nous y sommes. J'espère que vous mesurez toute la chance que vous avez de vous trouver ici, avec moi. Pour monter jusqu'à ce niveau, c'est un peu comme pour la franc-maçonnerie : il faut être coopté ou adoubé, si vous préférez. Bref, il est nécessaire de posséder de solides relations, ce qui est bien entendu mon cas. »

Comprenant au regard interrogateur du poète qu'il désirait savoir comment lui, Erik Satie, parvenait à s'y retrouver dans ce dédale aux 1 606 portes et aux 7 593 clés, celui-ci se justifia, non sans une certaine fierté et un goût du mystère qu'il ne parvint pas à dissimuler :

« C'est l'une des meilleures amies de Germaine Tailleferre, mon élève, qui occupe ici un emploi de bureau. Je ne vous en dirai pas plus, cela pourrait être dangereux pour elle. À ma demande expresse, elle m'a fait faire le tour du propriétaire il y a quelques années, au plus fort de l'été, alors que l'Opéra faisait relâche pour des travaux. La nature m'a doté d'une excellente mémoire et je sais donc pertinemment où nous nous trouvons, ainsi que ce qui se dissimule derrière cette petite porte que vous apercevez là-bas, tout au fond du couloir. »

Le souffle lui revenant peu à peu, Cendrars parvint à articuler :

« Biqui est là-dedans ?

– Parfaitement exact, mon cher ami. Biqui travaille en ce moment même à ses esquisses. Elle est là. Je le sais, je le sens. Cette jeune femme est un véritable bourreau de travail. Suivez-moi et ne faites aucun bruit. Vous allez voir… »

*

« Qui c'est qui frappe ? Vous avez vu l'heure qu'il est ?

– Biqui ?

– Y a peut-être pas d'heure pour les braves mais, nous, on n'est pas braves. Alors, foutez-nous le camp !

– Biqui ? C'est toi ?

– Y a pas plus de Biqui ici que de beurre en broche ! »

Face au ventail de bois qui refusait de s'ouvrir, Erik Satie toussota pour éclaircir sa voix. Repoussant la main de Cendrars qui l'enjoignait de faire demi-tour, il reprit :

« Je vous prie de bien vouloir excuser mon audace à une heure aussi tardive, Madame. Mais, si vous ne connaissez pas le nom de Biqui, peut-être que celui de Mademoiselle Suzanne Valadon vous sera plus familier ? »

Derrière la porte, les deux hommes entendirent les murmures étouffés d'un conciliabule. Puis, la même voix railla :

« Suzanne Valadon ? Ce serait pas des fois une barbouilleuse rouquine avec un caractère de cochon ?

– Oui, Madame. Mais elle n'a pas un caractère de cochon, croyez-le bien. C'est, au contraire, une délicieuse jeune...

– Qui vous a dit d'entrer ? »

La main de Cendrars venait de forcer le loquet et d'ouvrir la porte en grand. Lorsque les deux hommes apparurent dans la faible clarté de deux bougies posées au sol, un instant de silence s'imposa. Face au poète et au musicien, trois matrones trônaient dans des fauteuils de cuir qu'elles avaient profondément incrustés de toute leur physionomie, toutes trois obèses et empâtées, toutes trois portant des cheveux blancs retombant en queues de rat désolées sur leurs épaules, toutes trois également occupées à tricoter dans le froid glacial qui s'écoulait de la coupole les surplombant. Avançant d'un pas, Cendrars distingua peu à peu le cadre dans lequel les trois vieilles gribiches agitaient leurs aiguilles, avec des cliquètements mécaniques qui ne s'étaient pas interrompus. Il s'agissait d'une immense salle mangée d'obscurité où, devant des placards, des armoires et des penderies ouvertes, des mannequins de modistes fichés sur des socles prenaient la pose. Vêtus de robes et de costumes de toutes les époques, ces bustes de bois sans tête semblaient dormir sous une épaisse couche de poussière. En y regardant mieux, il s'aperçut que ces tenues étaient incomplètes, mutilées, déchirées. Ici, c'était une manche qui avait été arrachée. Là, il manquait un col, une ceinture, une rangée presque entière de boutons. Certains revers pendaient lamentablement, des jupes tombaient en misère, dévorées par des mites. Toutes ces frusques ne valaient plus un rond mais, en souvenir sans doute de leur passé glorieux, elles tenaient encore bon, tentant de donner le change.

Avachies dans leurs fauteuils posés côte à côte, rappelant ceux d'un président du tribunal encadré par ses deux assesseurs, les trois occupantes du hangar observaient leurs visiteurs avec un œil brillant de méfiance plutôt que de crainte. Celle du milieu, toujours sans cesser de tricoter, interrogea avec une brusquerie renouvelée :

« Qu'est-ce que vous voulez ? Vous savez pas que c'est malpoli d'entrer chez les gens sans frapper ? »

Retirant avec empressement son chapeau melon, Satie s'inclina légèrement vers l'avant et rectifia :

« Mais nous avons frappé, Mesdames.

– Et on vous a dit d'entrer ?

– Non, mais…

– Alors, qu'est-ce que vous foutez là ? Disparaissez, vous avez compris ? On tient pas à causer. On est du genre taiseux, nous. »

Le musicien esquissa un pas en arrière et demanda à nouveau :

« Et Biqui ? Je veux dire : Mademoiselle Suzanne Valadon ?

– La rouquine que tu m'as dite ? Tu la vois ici, toi ?

– Non, mais je me disais que…

– À part nous trois, y a personne d'autre, sous les couilles d'Apollon… »

Ce disant, elle souleva son double menton piqué de poils noirs en direction de la voûte qui les surplombait. Au-dessus, dans le ciel de Paris, la statue du divin musagète tendait sa lyre dans la nuit, seul, exposé au vent, au froid et au crachin.

Replongeant sa mâchoire inférieure dans son goitre de pélican, elle maugréa à nouveau :

« Déguerpissez, j'ai dit. On veut pas de cloches, chez nous. Ça a pas un rond, c'est plein de poux et ça sait pas se tenir devant les dames… »

Comme ses deux sœurs jumelles étouffaient un rire qui se mêla aux cliquètements des aiguilles, Cendrars s'imposa dans la lumière qui l'éclairait par en dessous. La tête penchée sur le côté, il railla :

« On partira si on veut. Mais vous ? Pourquoi êtes-vous si mauvaises avec mon camarade ? Avec vos deux cents kilos de mou chacune, vous croyez que vous en imposez ? Et puis, on peut savoir ce que vous fichez ici ? »

Pour la première fois, les tricoteuses interrompirent leur ouvrage, saisies par autant d'audace tranquille. Dans le silence, celle qui était au centre rétorqua :

« On est ici chez nous, si vous voulez le savoir. Et on l'a bien gagné, notre petit paradis.

– Ça ? Un petit paradis ? Moi, je ne vois qu'un grenier qui sent fort le champignon, et peut-être bien aussi le poisson. Mais chacun voit midi à sa porte, ce n'est pas la question.

– Je vous ai dit de faire demi-tour, malpropre !

– On partira si on veut. Alors comme ça, vous passez vos nuits à tricoter ?

– Nos nuits et nos journées, parfaitement. Et on fait du gras, si vous voulez tout savoir. Du gras et pas du mou, comme vous dites. Il y a une différence. Ça vous dérange ? »

Décontenancé à son tour par la réponse, le poète bredouilla :

« Faire du gras… Ce n'est pas une occupation, ça.

– Pas une occupation ? Vous entendez ça, vous autres ? »

Tout en repiquant à leurs travaux d'aiguilles, les deux commères s'esclaffèrent avec un mépris ostensible. Le cerbère qui semblait être la meneuse, sûre de son fait, reprit :

« Que ça vous défrise ou pas, on fait du gras. Et, si on en fait, c'est parce que ça nous plaît.

– Comment ça ?

– On l'a sauté trop longtemps, qu'est-ce que vous voulez ? Déjà, quand on était mômes, on avait le ventre toujours creux et on n'avait pas le droit de boulotter. Rien, pas un quignon de pain. Sinon, c'était la canne et tout le tremblement.

– Pourquoi ça ?

– Quand on fait partie des petits rats de l'Opéra, c'est la règle. »

S'apercevant que Satie se retenait de son mieux de pouffer, elle grommela :

« Il peut rire, le maître d'école, avec son faux air de croquemort. N'empêche que c'est ça qu'on était, nous, des petits rats de l'Opéra… »

Subitement plus sombre, elle ajouta :

« En vérité, on était des rats. Les petits rats de l'Opéra, c'est bon pour faire rêver la bourgeoise et faire monter le tempérament de son cocu. Mais la vérité vraie, c'est qu'on était une cinquantaine de morveuses, toutes plus mauvaises les unes que les autres. On était comme une bande de rats qui dominait Paris. Celles qu'avaient été foutues là par leurs parents, dans l'espoir qu'elles deviennent des danseuses, elles tenaient pas longtemps. Nous trois, on a été ramassées dans la rue. On nous a choisies parce qu'on était souples, qu'on était belles et qu'on était maigres à faire peur, de vrais petits cadavres. »

Cendrars, toujours friand d'histoires, s'accroupit sur le sol de poussière et complimenta :

« Aujourd'hui, vous êtes grasses comme des cailles des vignes en automne. Je vous félicite.

– Pas de flatterie, beau masque. On a fait notre temps. On s'est pas transformées en étoiles, ça non. De rats, on est devenues des chattes, mais on la sautait toujours autant. Chaque jour et chaque nuit, on a dû danser jusqu'à se casser les muscles et les nerfs. On a fini par progresser, c'était fatal. Peu à peu, le Maître nous a avancées vers le devant de la scène, vers les lumières. Avec l'âge, il nous a fait reculer. On a continué à danser, mais de plus en plus dans l'ombre, pour faire le nombre. »

Maintenant installé en tailleur près du poète, Satie relança le monologue qui s'était interrompu :

« Et après, Madame ? Qu'avez-vous fait, après ? »

– Un jour, on nous a demandé de plus rechausser les ballerines. C'était fini, pour nous. L'âge nous avait rattrapées.

– Quelle tristesse, tout de même…

– Tristesse ? Bordel de merde ! Mais t'as jamais eu faim, toi ! Ce jour-là, on s'est dit que c'était le plus beau de toute notre saleté de vie. On a foutu le feu à nos chaussons, c'est comme je vous le dis. Et on a dansé autour, comme les Indiens et les sauvages d'Afrique ! On allait enfin pouvoir manger… »

L'ancien petit rat accepta la flamme d'une suédoise que lui tendait Cendrars pour allumer sa pipe. Puis, elle poursuivit :

« C'était en 14. On pensait que la guerre allait être rapide et qu'on allait enfin pouvoir se remplir les tripes. Mais cette vieille chienne a duré. Avec les restrictions, on s'est vite retrouvées à sucer les pierres. Et plus, cette saloperie de guerre bouffait ses enfants jusqu'à l'indigestion. Elle engraissait comme une oie et, nous, on séchait sur pied. On aurait pu mal finir, quand j'y pense. Mais la maison a eu pitié de nous, faut croire. »

Elle prit le temps d'expulser un long nuage de fumée qui se mêla aux volutes grises du mégot de Cendrars. Enfin, elle acheva son histoire :

« La maison, comme je disais, a trouvé à nous employer comme ouvreuses, mais on n'a pas fait l'affaire. Le temps qu'on avait passé à faire des étirements et des rondades, on l'avait pas passé à aller à l'école. Nos manières faisaient tache, ils ont dit. Alors, on est devenues des petites mains, puis des commises, des charrieuses de costumes et de morceaux de décors. Après, on a fait les balayeuses. Et on a fini aux lieux d'aisance, comme ils disaient.

– Vous avez donc vu tous les spectacles ?

– On n'en a vu absolument aucun. D'avoir été des rats, ça nous avait dégoûtées de la danse. Alors, quand on n'a plus été bonnes à rien, on s'est retirées ici, avec les "on verra plus tard".

– Pardon ?

– C'est les costumes qu'ont plus d'usage mais qui pourraient peut-être encore servir, un jour. Et qui servent jamais plus. Les "on verra plus tard", quoi. On en a tous plein nos armoires et plein nos souvenirs, faut pas croire. »

D'un geste du bras, le musicien désigna la poche d'ombre et interrogea :

« Et vous vivez vraiment ici ? Jour et nuit ?

– Ici, il vient jamais personne et on a la paix. Les seuls rats qu'il y a, c'est les vrais, les sacs à peste, les soldats de la vermine qui bouffent les costumes. Sous cette coupole, on étouffe en été et on gèle en hiver. Mais on y est bien et personne est monté jusqu'ici pour nous dire de faire nos paquets. On s'y est installées. Maintenant, on peut enfin faire du gras… »

Cendrars ne perdait pas une seule syllabe de cette confession. Il se moquait complètement que cette histoire que leur servaient ces trois grasses commères soit vraie ou pas. Elle était émouvante et il se jura aussitôt que, un jour, il en ferait un livre ou, au moins, un chapitre épatant.

Malgré le froid qui pénétrait maintenant son pardessus encore humide de pluie, il demanda :

« Et comment fait-on pour faire du gras quand on vit comme des chouettes dans un clocher, sans jamais mettre le nez dehors ? »

À la droite de la matrone centrale, son acolyte gloussa d'une voix aigrelette avant d'affirmer :

« Quand on n'a pas de tête, il faut des jambes. Et quand on n'a pas les moyens de faire ses courses, on a des amis, mon petit Monsieur.

– Des amis ? »

De l'autre côté, la troisième masse de saindoux grommela avec une tonalité de basse bien trempée :

« On a un ami qu'est très comme il faut, et tout et tout. Il s'appelle Virgile, de son petit nom de baptême. Il nous monte les restes du restaurant de l'Opéra. Il est serveur et ça lui coûte rien. L'été, il nous apporte aussi les fonds des bacs à glaces. Puis, y a aussi les… les carpes. »

Elle avait prononcé ce dernier mot comme s'il s'était agi d'une grossièreté, d'une monstruosité sans nom avec, pourtant, des pudeurs de petite fille dans la voix. Comme ses consœurs se taisaient, elle se crut habilitée à poursuivre :

« Des carpes, on en mange une chacune, tous les dimanches que Dieu fait. Et c'est des carpes fraîches, des carpes qui sont pêchées ici… »

Avec un sourire incrédule, Satie s'exclama :

« Des carpes pêchées ici ? Vous voulez dire des carpes qui viennent du vivier du restaurant, peut-être ?

– Pas du tout ! À l'Opéra, y a des carpes et même des poissons-chats. Mais on prend pas les poissons-chats. D'abord, parce que les chats mangent les rats, c'est connu. »

Tandis que ses deux commères approuvaient gravement de la tête, elle expliqua :

« Puis, c'est plein d'épines. Mais les carpes, c'est moi qui les fais. Je les farcis avec tous les restes du restaurant que nous monte Virgile et je vous jure que c'est un régal. Un vrai petit Jésus en culottes de velours.

– Mais… D'où viennent ces fameuses carpes ?

– Du cinquième, la bonne blague ! D'où tu veux qu'elles viennent ? »

Vraisemblablement jalouse de ne plus être le centre de la discussion, l'ancienne ballerine du milieu intervint :

« Le cinquième sous-sol, croque-mort. Y a un lac sous l'Opéra, tu savais pas ça ?

– Non ! Je croyais qu'il ne s'agissait que d'une invention romanesque de Gaston Leroux et de son fantôme.

– C'est bien la vie, ça. Les gens savent rien et ils veulent rien savoir. Ils vont à l'Opéra et ils savent pas qu'ils assoient leurs grosses fesses sur un lac. Si un jour tout ce bastringue passe cul par-dessus tête pendant une représentation, y aura plus de noyés que d'écrasés. Mais ça, ils veulent pas le savoir. »

Jetant par en dessous un coup d'œil à Cendrars qui terminait son mégot, elle ajouta, finaude :

« C'est comme pour les guerres. On veut bien que les mômes les fassent et, même, on est fier de les accompagner dans les trains de la mort en chantant *La Marseillaise*. Mais quand la vieille crevure vomit les gamins qu'elle a pas pu digérer, il se trouve plus grand monde pour les accueillir à la maison. Quand il leur manque en plus un œil ou une jambe, on préfère pas les voir. Et si c'est un bras, c'est pareil… »

Sous la gigantesque charpente métallique bâtie de croisillons rivés à chaud, dans l'haleine gelée des plaques de zinc sur lesquelles une pluie plus franche commençait à faire entendre ses gouttes, le poète et le musicien finirent par lever le camp – non sans avoir dû constater de leurs yeux que trois carpes fraîchement pêchées pendaient à une ficelle qui les accrochait à l'une des poutres par leurs ouïes sanglantes.

Biqui ? Elles ne l'avaient même jamais vue. Si elles connaissaient sa chevelure rousse incendiaire, ce n'était que grâce à une indiscrétion de Virgile. À plusieurs reprises, il l'avait observée autour du foyer de la danse, où les corps de ballet s'échauffaient et se changeaient avant chaque représentation. Comme les bourgeois et les aristocrates qui s'offraient une danseuse dans toute son intimité à travers des œilletons prévus à cet effet, Biqui avait pris l'habitude de plonger son regard par ces judas installés dans la galerie supérieure et dissimulés dans le décor du plafond. Armée de ses fusains, elle pouvait ainsi voler des esquisses qu'elle travaillait ensuite dans son atelier.

Cependant, il y avait des semaines et peut-être même des mois que Suzanne Valadon n'avait plus mis les pieds à l'Opéra.

LE FANTÔME DU PÈRE-LACHAISE

Tout en reniflant sa manche de pardessus qui s'était imprégnée de l'odeur forte des carpes, Cendrars marmonna, comme pour lui-même :

« C'est bien beau, tout ça. Mais ce n'est pas avec ce que nous ont raconté ces trois morues qu'on va retrouver ta Biqui.

– Exact. Mais ce sont tout de même des personnes bien intéressantes, vous ne trouvez pas ? Il y a en elles quelque chose qui m'a ravi. Cela m'a ravi au point d'en être ravissant. Je repasserai les voir, à l'occasion.

– Tu es sérieux ?

– J'irai un dimanche, dans la matinée. Enfin, j'y arriverai vers le matin. J'adore les carpes farcies. »

En secouant lentement la tête, le poète s'interrogea à voix haute :

« En tout cas, je crois que c'est râpé pour ce soir. Puis, ton escapade dans les escaliers de l'opéra, ça a fini de me claquer. Ta Biqui joue la fille de l'air, mais ce serait bien le diable si on ne la retrouvait pas demain. Ça te va comme ça ? »

À cet instant, Satie tira lentement de la poche intérieure de sa redingote une bouteille de whisky encore neuve qu'il exhiba avec gourmandise devant les yeux de son compagnon. D'une voix malicieuse, il demanda :

« Et ceci, mon ami ? Est-ce que ça suffirait pour vous redonner du cœur à l'ouvrage ?

– Merde, alors... Tu l'as piquée à la Closerie ?

– Disons que je l'ai empruntée. »

Après avoir fait sauter le bouchon d'un coup de poignet énergique, il tendit la bouteille à Cendrars qui en descendit sans attendre quelques franches gorgées. Aussitôt, il sentit un feu de la Saint-Jean se rallumer dans ses entrailles. Quelques secondes plus tard, les rues de Paris ne lui parurent soudain plus si vides ni frissonnantes. À la place des avenues sombres, désertées, luisantes de pluie, il vit des rubans d'asphalte et de pavés rectilignes et rassurants, lisses, parfaitement proportionnés où filaient encore quelques taxis en maraude. Sur les berges de ces fleuves et de ces rivières qui charriaient sans à-coup une eau calme, des colliers d'étoiles électriques piquetaient la nuit. Plutôt qu'un compositeur dérangé et raillé par l'immense majorité de la coterie parisienne, il préféra considérer avec déférence un petit bonhomme pétri d'amour pour une femme et qui, depuis plus de trente ans, courait après un rêve impossible.

Encore une gorgée et sa décision fut prise :

« Mon bon Maître, ta Biqui n'était ni à la Closerie, ni à l'Opéra. Mais ce n'est pas une raison pour baisser pavillon et pour rendre les armes.

– Vous acceptez de continuer à la chercher avec moi ?

– Les causes les plus désespérées sont toujours les plus belles. As-tu seulement une idée d'où elle peut être ?

– Ma foi... Paris est grand.

– C'est exact. Mais nous, nous pouvons être immenses ! N'oublie jamais ça ! »

Comblé au-delà de ses espérances, Satie réfléchit à haute voix :

« Je ne l'imagine pas à son atelier de la rue Cortot, toute réflexion faite. Nous sommes samedi soir et une dame comme Biqui ne déteste pas se divertir un peu avant le jour du Seigneur. Pour la trouver, nous pourrions peut-être adopter votre méthode ?

– Quelle méthode ?

– L'allumeur de réverbères ? La route des étoiles, comme au large de Dakar ? Vous ne voulez pas que l'on tente le coup ? »

D'un geste d'empereur romain désignant son armée victorieuse après la bataille, le poète indiqua la rue du 4 septembre qui s'étendait devant eux. La gorge encore brûlante de malt, il décida :

« Tu as raison, comme à Dakar. On prend cette route et on va jusqu'au bout, jusqu'au dernier réverbère qu'on rencontrera.

– Vous pensez que nous aurons une chance de la retrouver ?

– Mon instinct ne me trompe jamais. Et s'il me dit qu'il faut mettre le cap à l'est, mettons le cap à l'est. Au bout de cette route, nous tomberons certainement sur ta Biqui. Si elle n'y est pas, on demandera à l'allumeur de réverbères. Lui, il saura. Et s'il n'en sait rien, on continuera notre route. L'essentiel dans un voyage est le voyage lui-même. Jamais le but. »

Le musicien avala à son tour une rasade de whisky, fourra la bouteille dans la poche de sa redingote et, ragaillardi lui aussi, des papillotes dans les yeux, il emboîta le pas de son compagnon, faisant à nouveau tourner son parapluie à la façon d'une canne anglaise, plus noble et élégant qu'un lord fraîchement anobli par le roi George V.

Pris d'une subite envie d'uriner, au niveau du boulevard de Sébastopol, le poète se soulagea en soupirant d'aise sur le côté d'un kiosque à journaux dont les réclames vantaient les délices du chocolat de la Compagnie Coloniale et de l'Eau de mélisse des Carmes. Tout en satisfaisant à ce besoin naturel, il interrogea le compositeur :

« Dis-moi ? À part la giroflée que tu as reçue de ta barbouilleuse, je m'aperçois que je ne sais rien encore de ta Biqui. C'est quel genre de femme ?

– Pourquoi voulez-vous savoir ça ?

– Dame, pour me donner du tempérament ! Je veux bien partir sur la piste de tes amours impossibles, mais je veux quand même savoir à quoi ressemble le trésor que l'on cherche. Ça peut se comprendre, non ? »

En parfait gentleman, Satie attendit que le poète se rembraille. Puis, à la façon dont un petit moine illuminé parlerait de son Dieu, il se lança :

« Vous dire Biqui, c'est impossible, Monsieur Cendrars. Je le voudrais que je ne le pourrais pas. Cela fait trente-deux ans que tout me manque, en elle. Ses cheveux qui forment comme un incendie sur le blanc du drap, son ventre mignon, ses épaules dont toutes les statues de Rome peuvent être jalouses, ses...

– Halte-là, camarade ! Qu'elle soit belle comme l'antique, je n'en doute pas. Tu es un homme de goût, autant dire un esthète comme on en fait peu, et je ne te vois pas mourir d'amour pour une pocharde croisée dans le premier bouge venu, ni même pour un vieux sac croisé chez la princesse de Polignac. Quoi que...

– Quoi que quoi ?

– Il y a des saletés dont on tombe amoureux sans l'avoir voulu, comme on attrape une pleurésie ou une petite vérole.

– Je ne vous permets pas ! »

Tapant à plusieurs reprises de sa main valide dans le dos du musicien, le poète s'esclaffa et se reprit aussitôt :

« Je ne disais pas ça pour toi ni pour elle, vieille canaille. Je me demandais juste pourquoi elle ? Pourquoi cette Biqui-là, précisément ? »

Avec la candeur d'un enfant, Erik Satie arrêta de faire tourner son parapluie pour observer son compagnon. Puis, il lui répondit :

« Mais parce que elle, précisément... »

Après un instant d'hésitation, Cendrars finit par s'exclamer :

« Nom de Dieu ! Je crois que tu viens de me donner la meilleure définition de l'amour que j'ai entendue de toute ma chienne de vie ! Parce que elle... Et il faut que ce soit un mendigot déguisé en notaire, un tapeur de claviers qui me dise ça !

– Vous auriez peut-être préféré que je sois poète comme vous ou romancier ?

– Surtout pas, malheureux ! Le plus souvent, il n'y a rien de plus casse-pieds que ces cochons-là ! Même quand ils pètent, ils écoutent ça comme si c'était une œuvre d'art !

– Oh... »

Clopin-clopant, les deux hommes poursuivirent leur chemin sous les lampadaires, empruntant la rue Réaumur, celle de Turbigo puis celle du Temple pour parvenir jusqu'à République. Afin de se donner du cœur à l'ouvrage et l'illusion de la chaleur, ils terminèrent la bouteille de whisky. Satie lui dit une nouvelle fois son désespoir et les centaines, les milliers de lettres, de mots de billets, de télégrammes ou de pneumatiques qu'il avait envoyés à sa chère Biqui et qu'il lui arrivait encore de lui adresser, lorsque la morsure de la nostalgie le tenait prisonnier de ses mâchoires. Chacune de ses missives lui prenait un temps considérable car, même si elles ne comptaient que quelques lignes chacune, il s'était fait un point d'honneur à ne lui écrire qu'en caractères gothiques, parfaitement dessinés avec l'exigence propre aux moines copistes du Moyen-Âge. Plusieurs fois par jour, il lui distillait ces messages passionnés, sur du papier à en-tête qu'il avait fait imprimer à cet effet et qui annonçaient fièrement : « *Aigle ne puis, dindon ne daigne, poule suis.* »

Du boulevard Voltaire jusqu'à la rue Richard Lenoir, son ton de voix changea insensiblement. Lorsqu'il évoqua ce qu'il savait d'elle, à ce jour, il se fit plus douloureux :

« Je crois que ma Biqui n'a pas hésité à faire feu de tout bois pour parvenir à sortir de sa condition. Qui pourrait lui en vouloir ? Elle a connu une enfance des plus difficiles, si vous saviez. On lui prête beaucoup de liaisons avec des peintres et des marchands d'art, des bourgeois voire des nobliaux de province. J'ai entendu sur elle des choses affreuses. Qu'elle était intéressée, vénale, arriviste, profiteuse. Une mangeuse d'hommes, une croqueuse de rentes. Mais je pense simplement qu'elle est perdue. »

Comme le poète ne réagissait pas, il grimaça :

« Vous me trouvez pathétique, n'est-ce pas ?

– Pas du tout, détrompe-toi. Pour aimer comme ça, je crois au contraire qu'il faut un sacré courage. C'est plutôt les autres que je trouve pathétiques, comme tu dis. Ceux qui se marient comme ils achèteraient un chien de chasse, alors qu'ils n'ont même pas de fusil. Un chien de chasse pour le dresser à leur main, pour ne pas se sentir seuls. Ceux-là, oui. Ce sont de véritables cocus triomphants en puissance, des rois sans royaume, des rêve-petit et des bande-mou de l'amour, si tu veux bien me passer l'expression…

– Vous ne me mettez donc pas à leur nombre ?

– Toi ? Toi, tu n'es pas fait du même bois, Dieu nous en préserve. Toi, tu es juste malheureux, ma vieille…

– Et vous ? Vous avez une Biqui, vous aussi ? »

Avec un geste agacé, Cendrars ralluma son mégot de gris qui venait de s'éteindre et répondit à la question par une nouvelle interrogation :

« Qu'est-ce qu'elle est devenue alors, ta Biqui à toi ?

– C'est une longue histoire. Quand je l'ai connue, elle rêvait d'être artiste de cirque et ne faisait le modèle que pour faire bouillir la marmite et prêter la main à sa mère. Le cirque, c'est l'une des premières choses dont elle m'ait parlé, avec les acrobates, les chevaux, les fildeféristes, les antipodistes et les clowns. Elle avait même trouvé à s'employer comme écuyère, dans un petit établissement forain. Avec son air slave, elle se faisait appeler Princesse Olga et elle disait descendre d'une haute lignée cosaque zaporogue du XVIe siècle. Quelle imagination, tout de même ! Tout aurait pu lui sourire si elle n'était pas tombée de cheval et si elle n'avait pas rencontré l'autre bellâtre qui l'a déshonorée, qui lui a arraché sa fleur alors qu'elle ne savait sans doute encore rien de la vie comme elle va… »

Avec fatalisme, le poète balança son mégot sur le trottoir et résuma l'affaire :

« Une gamine jeune et belle qui joue l'écuyère dans les cirques et le modèle chez les peintres… Il y avait des chances pour qu'elle ne tombe pas vierge entre tes bras. Mais, toi aussi, tu avais connu des aventures avec d'autres femmes, non ?

– Ce n'est pas la question.

– Enfin, je veux dire que tu n'étais tout de même pas vierge, quoi ?

– J'avais bien compris, mais je vous ai dit que ce n'était pas la question. Ma Biqui est tombée sur un malfaisant, un homme de rien, un faiseur. C'était l'une de ces gravures de mode qui disait arriver d'Espagne et qui se faisait appeler Miquel Utrillo i Morlius. Est-ce que ça a l'air sérieux, je vous le demande!

– Les choses sérieuses, ce n'est pas ce qui intéresse les femmes de cet âge, mon vieux. Pour la séduire, je suppose qu'il lui a balancé tout un tas de boniments, avec les "r" qui roulent et les yeux qui frisent? »

Pour la première fois, le visage jusqu'alors doux et dénué de la moindre trace de méchanceté du musicien se crispa dans une grimace involontaire :

« Il lui a dit qu'il était issu d'une famille très riche. Qu'il était aristocrate, journaliste, critique d'art, architecte, décorateur, homme de lettres. Bref, qu'il ne savait rien faire, mais qu'il était de la meilleure lignée espagnole qui soit. La pauvre petite s'est fait prendre comme une mouche dans un verre de lait. Ce cochon-là lui a fait un enfant qu'elle a appelé Maurice et, lui, il a disparu aussitôt.

– Attends! Tu veux dire que ta Biqui, c'est la mère de Momo, le peintre?

– La maman de Maurice, oui. Mais cet enfant a tout tiré de son père. C'était une peste, un voleur, un fugueur et un bagarreur qui a bien fait pleurer sa chère mère.

– Ah ben merde, alors… Momo, le fils de Biqui?

– Vous l'avez connu?

– C'était surtout mon pote Modi qui le fréquentait, Modigliani. Ils ont écumé tous les bars de Paris et il l'a même fait évader de l'asile, un jour où sa grand-mère l'avait fait enfermer après une crise de *delirium* carabinée. Pendant trois jours et trois nuits, ils ont fait la noce sans qu'il ne quitte son pyjama de l'hôpital. J'en connais quelques-uns qui s'en souviennent encore, crois-moi! »

Satie haussa les épaules et, après avoir vérifié que la bouteille de whisky avait bien rendu sa dernière goutte, il l'abandonna dans une poubelle et conclut :

« Après ça, elle a eu d'autres histoires, des bluettes sans importance, comme l'on dit. Il faut bien que jeunesse se passe, n'est-ce pas ? Puis, elle m'a rencontré et elle serait sans aucun doute encore avec moi, aujourd'hui, s'il n'y avait pas eu Paul. Paul, mon meilleur ami. Il était agent de change à la Banque de France et il l'a choisie comme on choisit un chien, exactement ce que vous disiez. Il avait de l'argent, elle avait un fils sans père et elle voulait peindre… »

S'apercevant que Satie ne s'exprimait maintenant plus qu'à mi-voix, la gorge nouée par l'émotion, Cendrars le prit par le bras. Alors qu'ils longeaient le haut mur croûteux du cimetière du Père-Lachaise, il lui demanda brusquement :

« Dis-moi, mon vieux ? Quel jour sommes-nous, aujourd'hui ? Nous sommes bien le 9, n'est-ce pas ? Le 9 novembre ?

– Je ne sais pas, je crois. Pourquoi me demandez-vous ça ?

– Parce que j'ai une petite course à faire. Ça ne t'ennuie pas de venir avec moi, au moins ?

– Mais venir où ?

– Ça fait six ans aujourd'hui, tout juste ! Et je n'ai jamais mis les pieds là-dedans, depuis qu'il est parti. Alors ? Tu viens avec moi ? »

Entraîné malgré lui par la poigne autoritaire du poète, le musicien balbutia :

« Mais de qui parlez-vous ? Qui est parti ? Et Biqui ?

– C'est une surprise, tu vas voir. Pour ta Biqui, après ce qu'elle t'a fait avec ton meilleur ami, elle peut attendre encore un peu, crois-moi.

– Mais où m'emmenez-vous ? Au cimetière ? En pleine nuit ?

– Tout juste ! Ça lui fera plaisir que je vienne accompagné. Et je vais te raconter une histoire épatante… »

*

Sans le whisky ingurgité ni la présence rassurante de Cendrars et de son Browning, Erik Satie ne se serait certainement pas risqué, au mitan de la nuit, dans les allées grelottantes du cimetière du Père-Lachaise. Fils d'une Anglaise protestante et d'un Normand de Honfleur, un courtier maritime parfaitement catholique, il avait reçu une éducation toute remplie de diables et de bondieuseries, d'enfer et de paradis, et restait aujourd'hui encore terrorisé par la toute-puissance divine conjuguée à la perversité satanique du malin. Il avait reçu ses premières leçons de musique d'un certain Monsieur Vinot, organiste de l'église Sainte-Catherine de Honfleur et, dans les vents coulis humides de ce bâtiment consacré à la prière et à la dévotion, toute son enfance avait été bercée par l'étude du chant grégorien et des marches funèbres. Bien décidé à fuir à toutes jambes le Conservatoire où l'exercice fastidieux du solfège le dégoûtait de la musique, il n'avait pas hésité à s'engager, dès 1885, dans le 33e régiment d'infanterie d'Arras, persuadé que la gloire et les honneurs l'attendraient au bout du chemin. Il venait d'avoir dix-neuf ans, l'âge de toutes les illusions romantiques. Il ignorait encore si l'enfer promis par les foudres catholiques existait réellement, mais il découvrit en revanche par lui-même la désespérance de la caserne, les exercices imbéciles répétés mille fois, sans parler de la cruauté dont savent faire preuve les hommes, dès lors qu'ils se retrouvent en bandes de conscrits et qu'ils ont désigné celui qui leur servirait de tête de Turc. Une nuit, il avait donc pris la décision de s'exposer poitrine nue aux frimas de l'hiver afin de se faire réformer. Le résultat de cette expérience hasardeuse s'était soldé par une pleurite, une congestion pulmonaire carabinée dont les complications avaient été à deux doigts de le précipiter dans la tombe.

Une fois tiré d'affaire, le musicien était arrivé à Paris où, pour survivre, il s'était fait tapeur à gages sur le piano du Chat noir. Ses connaissances de l'harmonie lui avaient enfin été de quelque utilité. Chaque soir, il accompagnait de mélodies naïves le théâtre d'ombres, une attraction qui faisait fureur à cette époque. Avec les poètes du lieu – Contamine de Latour, Albert Trinchant, Verlaine ou Mallarmé –, il s'était vautré dans l'alcool pour fêter sa liberté nouvelle et il avait aussi lié amitié avec un hurluberlu, un énergumène, un mystique en tous points remarquable. Cet ostrogoth se faisait nommer Sâr Peladan et se disait Grand Maître dans l'Ordre Kabbalistique de la Rose-Croix, une branche de cet ordre hermétiste chrétien qu'il avait fondée à cet effet. Sous la coupe de ce drôle d'illuminé qui jouait sa vie comme sur une scène de théâtre, en burnous noir, avec des jabots extravagants, des bottes de daim, un parapluie attaché à un baudrier ou une tunique bleu ciel électrique qui jurait délicieusement avec des gants de peau mauve piqués de bagues lourdes et dorées, le musicien avait plongé dans un mysticisme forcené, un ésotérisme rageur qui lui avait pour un temps brouillé l'esprit. Délaissant brusquement ses amis poètes, ses compères chansonniers Aristide Bruant ou Léon Bloy, il avait adoré ce Sâr Peladan qui se faisait aussi appeler avec déférence Mérodack, un prénom babylonien qu'il affirmait avoir reçu des mages de Chaldée. Pour cet échalas chevelu, à la barbe parfumée d'huile de cèdre et des sept parfums symbolisant les sept planètes, Satie aurait accepté à peu près n'importe quoi. Afin de lui plaire, il avait traversé un tunnel lugubre peuplé de visions démoniaques, de gargouilles hideuses qui s'adressaient à lui du haut de Notre-Dame et dictaient chacun de ses gestes, de morts-vivants s'extirpant de leurs cercueils pour déferler sur Paris endormi. Autour de lui, tout n'était alors devenu que sabbat, esprits du mal, anges malfaisants de Lucifer, sortilèges morbides qui le cernaient de toutes parts et il vivait dans un maelström de fantasmagories et de créatures apocalyptiques telles que les décrivaient avec force détails des textes comme le Livre d'Hénoch.

Dans la division 86 du cimetière du Père-Lachaise, cédant à une vague d'angoisse qui menaçait de le submerger tout à fait, Erik Satie s'accrocha au bras de Cendrars et chevrota, la bouche sèche :

« Êtes-vous bien sûr de votre chemin ? Ne devrions-nous pas plutôt faire demi-tour ? Il se raconte des histoires terribles sur ce cimetière, savez-vous ?

– Des racontars et des bobards de vieilles bigotes ! Puis, on ne va pas faire demi-tour alors que nous sommes presque arrivés.

– Presque ? Ça veut dire très vite ? Ou bien allons-nous devoir marcher encore longtemps ?

– Qu'est-ce que tu as, mon vieux ? La trouille ? »

Sans cesser de se cramponner au bras de Cendrars, le musicien balbutia :

« Peur ? Non, bien entendu ! Disons que… Disons qu'il existe des lieux plus agréables et accueillants pour une promenade. Surtout la nuit, une nuit presque sans lune comme celle-ci.

– La lune est là et les étoiles aussi, ne t'inquiète donc pas. Les nuages vont se lever sur la constellation d'Orion.

– Vous êtes aussi astronome ?

– Tu dis ça pour Orion ? Non. Orion, c'est une histoire un peu spéciale que je te raconterai, peut-être… »

Après une centaine de mètres, le poète s'immobilisa au beau milieu de l'allée de graviers. Il apparut alors aux yeux du musicien comme un Quasimodo moderne, aux épaules larges, au cou inexistant, une force de la nature qui surnageait sur un océan de tombes et de tombeaux, de croix, de mausolées prétentieux, d'épitaphes naïves, de couronnes mortuaires et de bouquets de chrysanthèmes aux parfums entêtants qui écrasaient de leur masse des fleurs fanées finissant de pourrir dans des soliflores de pauvres, le plus souvent des bouteilles de vin au verre trouble et épais.

Cette ombre dans la nuit bruissante ajouta encore à l'angoisse de Satie qui, écarquillant ses yeux ronds, bredouilla :

« Eh bien ! Nous y sommes ? Vous avez accompli votre course ? Nous pouvons y aller, maintenant ?

– Minute, papillon de nuit. Je crois que c'est celle-là…

– Celle-là, quoi ?

– Cette tombe, allez ! Et lâche-moi un peu le bras. Ici, il n'y a que des pauvres bougres qui ont avalé leur extrait de naissance, je te l'ai déjà dit. Ils ne risquent pas de te faire de mal. Et tu es avec moi, non ? Alors ? »

Pactisant de son mieux avec sa terreur, le musicien suivit le poète qui venait de quitter l'allée rectiligne, posant ses pieds exactement dans les pas de son guide, priant de son mieux lorsqu'il devait marcher sur une tombe ou se retenir à la masse granuleuse et glacée d'une croix de granit pour éviter de chuter dans la nuit.

Enfin, Cendrars se figea, les deux jambes bien plantées dans le sol. Dans la lumière d'encre qui se diluait peu à peu sous l'effet des vents d'altitude chassant les nuages, il bougonna :

« Cette fois, on y est, ma vieille. Et on voit que la mort lui a profité, tu as vu ça ? Quand on l'a mis en terre, il n'y avait pas tout ce fatras…

– Quel fatras ?

– Ben ça, là ! Tu peux croire que c'était moins chic qu'aujourd'hui, à l'époque. Il n'y avait qu'une méchante croix de bois et pas même de pierre tombale. Et regarde ça, maintenant. On dirait l'un des menhirs de Stonehenge. Ou un gibet. Ou non : on dirait un transatlantique en route pour les tropiques, avec une cheminée qui cherche à tutoyer les étoiles. Ben merde, alors ! Quel orgueilleux quand même, ce Kostro… »

Assis sur la tombe, un nouveau mégot de gris lâchant ses volutes entre ses lèvres fines, son béret enfoncé sur l'un de ses genoux, le poète raconta au musicien, ainsi qu'il l'avait promis, l'histoire de Guillaume Kostrowitzky, mieux connu sous le nom d'Apollinaire. Il le fit à voix basse, comme s'il craignait de déranger les morts du voisinage avec des souvenirs douloureux. Face à lui, debout, raide dans son costume d'encaisseur, les deux mains posées sur la poignée de son parapluie, Satie écoutait avec attention, partagé entre l'envie de fuir à toutes jambes et celle de connaître la fin du récit.

La main posée sur les trois strophes de *Colline* gravées dans la pierre, Cendrars murmura enfin :

« C'est comme je te le dis, mon vieux. Si ce cabot d'Apollinaire avait bien voulu suivre mes conseils, il serait encore avec nous, aujourd'hui. Mais non, qu'est-ce que tu veux ? Il n'a voulu en faire qu'à sa tête. Et quand je dis sa tête, c'est une façon de parler, une figure de style. L'éclat d'obus qui lui a mâché la cervelle dans la tranchée et qui lui a valu une trépanation en bonne et due forme n'a pas arrangé les choses, c'est vrai. Mais il aurait quand même pu claquer sur le champ d'honneur. Ça, ça aurait eu une autre gueule. Mais dis-moi ? La grippe espagnole, tu te rends compte ? C'est vrai qu'avec le père de Momo, tu ne portes pas les espingouins dans ton cœur. Mais la grippe espagnole, une maladie que des millions de gens ont attrapée comme une vulgaire vérole ? Lui qui voulait toujours être le seul et le premier, il est vraiment mort comme un con parmi des millions d'autres cons. Pourtant, je suis passé le voir chez lui, dès que j'ai su que c'était l'influenza. Je lui ai même apporté une fiole d'huile de Harlem, la seule qui me restait après mon voyage à New York. Il faut dire que je la tenais d'une vieille Négresse presbytérienne qui chantait le gospel dans une église de la 5e avenue et avec qui je m'étais lié d'amitié. Elle était originaire par son esclave de père d'un village reculé d'Angola et, par sa mère qui était aussi esclave, du royaume d'Oyo, au Sénégal. Cette Négresse qui croulait sous les colifichets et les médailles de saints en laiton, possédait chez elle toute une pharmacopée incroyable. Elle me l'a montrée, tu peux me croire. Dans une armoire de fer fermée à clé, il y avait des tisanes et des onguents, des emplâtres, des philtres fabriqués à la mode africaine et que l'on ne trouve plus aujourd'hui, tu t'en doutes. Et il y avait surtout cette huile de Harlem qui possède le pouvoir de guérir à peu près tout et n'importe quoi, et que nos médecins d'Europe font de leur mieux pour qu'elle ne soit jamais commercialisée, car elle signifierait ni plus ni moins la fin de leur règne. Mais ça, c'est une autre histoire… »

Après avoir à nouveau tiré sur son mégot qui commençait à lui brûler agréablement les lèvres, il reprit :

« Bref. Pour en revenir à Kostro, je crois qu'on peut dire aujourd'hui qu'il a eu une fin pas ordinaire, une drôle de fin, même. Mais je ne te parle pas de sa mort en tant que telle, car un artiste reconnu comme lui a dû être chouchouté par les toubibs et être gavé de calmants contre la douleur et d'opiacés de toutes sortes. Il est certainement parti en paix, comme on dit. Non, moi je parle d'après, le moment qui suit celui où le prêtre te ferme les paupières – le prêtre ou le carabin, c'est tout comme. Parce que figure-toi que les huiles conjointes des académies et du ministère de la Guerre lui avaient préparé des funérailles qui n'étaient pas nationales, non. Mais presque. Avec Raymone et Léger, on n'a pas voulu grossir le rang de ces maudits geignards de la vingt-cinquième heure, de tous ceux qui n'avaient jamais lu une ligne de lui, mais qui trouvaient intéressant pour leur propre personne de pouvoir dire, plus tard : j'y étais. J'étais à l'enterrement du poète. Tu parles d'une Légion d'honneur ! Quoi qu'il en soit, on tenait quand même à être dans les parages, quitte à suivre le cortège par des ruelles détournées, par le chemin des écoliers, histoire d'échanger entre nous les souvenirs qu'on avait de lui. Mais soudain, comme on marchait à pas lents, on a entendu des hurlements insensés, des clameurs qui se sont mises à monter du fond des poitrines des femmes, des hommes et même des enfants. C'était comme un cyclone qui s'abattait sur Paris tout entier. Dans les rues, aux fenêtres, un seul cri s'est mis à retentir, impérieux, un cri qui emportait tout sur son passage : "À mort Guillaume ! À mort Guillaume !" Est-ce que tu peux imaginer ça ? Ce pauvre Kostro encore tiède, mais déjà bel et bien mort, et le voilà qui est accompagné à sa dernière demeure charrié par un fleuve de haine ? "À mort, Guillaume ! À mort ! À mort ! À mort !" Raymone est devenue pâle comme le Saint-Suaire de Turin et Léger et moi, on s'est regardés comme deux cons. À mort Guillaume ! Les gens vociféraient, entièrement possédés par la folie et l'hystérie collective. Ça a été sa dernière chanson, à Kostro. Ce n'est qu'après que l'on a appris que l'Allemagne venait de capituler à l'instant même où la procession se mettait en route. Le Kaiser Guillaume II venait de rendre les armes juste quand notre Guillaume à nous rendait l'âme. Tu te rends compte, quand même ? Mais attends, ce n'est pas tout. Tu vas voir le plus beau… »

En acteur accompli, le poète prit le temps de gratter une autre suédoise sur le tombeau de Kostrowitzky et de rallumer pour la énième fois son mégot de gris qui disparaissait entre ses doigts jaunis par le tabac. Après avoir toisé longuement le musicien qui s'interrogeait en silence sur la date exacte de l'armistice de la Grande Guerre, il reprit :

« On n'a pas voulu assister non plus à la mise en terre ni aux discours. On avait encore dans les oreilles ces cris terribles que l'on venait d'entendre. On n'avait plus de place pour les litanies larmoyantes ni pour les promesses de paradis éternel et autres foutaises de ce genre. Quoi qu'il en soit, quand ça a été fini et que tout le monde est parti, quand même le croque-mort a déguerpi avec sa gueule sinistre, on a tout de même décidé d'y aller de notre adieu. En fait, je m'aperçois aujourd'hui que l'on n'était pas plus tristes que ça. En plein jour, le Père-Lachaise est un endroit tranquille, tu sais ? On y trouve un peu de tout : des veuves et des veufs bien entendu, mais aussi des promeneurs, des peintres, des gamins avec leurs nourrices, des amoureux qui s'embrassent derrière les tombes. Bref, on marchait tous les trois, côte à côte, en silence bien sûr, non pas pour respecter la mémoire du mort qui s'en fout de toute façon, mais juste pour goûter à la paix après le barouf qu'on venait de vivre. Une fois parvenus sur l'emplacement, on ne s'est tout d'abord aperçus de rien. Comme je te le disais tout à l'heure, il n'y avait qu'une petite croix de bois qui n'aurait pas tenu deux hivers tellement elle avait l'air fragile, mais elle avait quand même une fière allure au milieu des bouquets, des couronnes et des rubans mauves et or. Le bateau sur lequel je suis assis, ils l'ont installé plus tard. Si je ne me trompe pas, c'est Matisse et Picasso qui l'ont financé en bazardant chacun quelques dessins aux enchères. Je ne sais pas pourquoi ils ont fait ça. Moi, elle me plaisait bien, cette petite croix sans prétention. Mais Kostro était un fieffé prétentieux et ça a dû lui faire plaisir, je suppose… En fait, c'est au moment où on allait mettre les bouts que tout s'est passé. Soudain, ma Raymone a tourné vers moi son joli visage, plus blanc et bouleversé que je ne l'avais jamais vu. Elle s'est mise à gémir et j'ai dû la prendre par la taille, sans quoi elle se serait effondrée sur place. Au même moment, Fernand m'a fait le même coup. Ce grand gaillard à épaules normandes, ce blagueur qui riait toujours de tout et qui se moquait avec un talent égal de la vie comme de la mort, il a écarquillé des yeux de poisson bouilli et ses lèvres, sous ses moustaches, se sont mises à trembler, comme s'il allait pleurer. Il regardait droit devant lui, sans lâcher la petite croix des yeux, incapable de prononcer le moindre mot. Alors, j'ai lorgné à mon tour dans cette direction. Et là… Je peux te le dire aujourd'hui, ma vieille, je me suis senti traversé de part en part par un frisson que tu ne peux même pas imaginer. Devant nous, dans la terre encore toute fraîche d'avoir été remuée, Kostro était là qui nous observait. Des cailloux et de la boue avaient dessiné, trait pour trait, son visage de poète… Il y avait tout : le nez, les yeux qui s'étiraient sur les tempes, le front ample, le menton volontaire. Tout, jusqu'aux herbes qui reproduisaient avec exactitude non seulement ses cheveux, mais aussi le bandage qu'il n'avait jamais quitté depuis sa trépanation. C'était tout bonnement incroyable. Au bout de quelques instants, Fernand, Raymone et moi, on s'est pris la main et l'on n'a pas pu prononcer une seule parole. On s'est contentés de pleurer ou de prier en silence, chacun a fait ce qu'il avait à faire… »

D'une petite voix, Satie hasarda :

« Peut-être avait-il quelque chose à vous dire ? Qu'en pensez-vous ?

– Je ne sais pas. Je crois que, lorsqu'on meurt, on ne part pas tout de suite. On reste encore un peu, peut-être par nostalgie, peut-être pour régler ses dernières affaires ou pour s'excuser de la peine qu'on a pu faire aux gens. On a quitté son corps, c'est certain. Mais on volette toujours comme un moineau.

– C'est beau, ce que vous dites. »

Sans relever le compliment qui le mettait mal à l'aise, le poète se redressa. Le béret à la main, il fit face à la tombe d'Apollinaire et grommela :

« Moi, je voulais lui dire ses quatre vérités, le jour de son enterrement. Mais il faut croire qu'il ne voulait pas les entendre. Il avait sans doute raison. Ce jour-là, c'était quand même lui l'attraction principale et je ne suis pas homme à voler la vedette à qui que ce soit.

– C'est pour ça que nous sommes ici ?

– Peut-être. Puis, tu avais le bourdon à cause de ta Biqui et j'ai voulu te changer les idées.

– C'est bien aimable à vous. Mais qu'est-ce que vous vouliez lui dire, à Kostro ? »

Cendrars remit alors son béret et, plus bougon que jamais, il ronchonna :

« Rien. Des bêtises, quoi. Je m'en rends compte, maintenant.

– Mais encore ?

– Trois fois rien. Des petites trahisons entre amis. Ce cochon-là, tout mort qu'il soit, il m'a quand même joué des tours de salaud… »

Sous le regard insistant du musicien, le poète finit par se laisser aller, sur un ton qu'il voulut amusé et léger :

« *Zones*, par exemple. C'est de moi. Pas le poème, mais le titre. Je l'avais trouvé pour une revue qu'on devait créer ensemble, mais qui n'a jamais vu le jour. Et il s'est bien servi dans mes *Pâques* pour écrire *Alcools* et ses *Calligrammes*, ce vieux chameau. Et le jour où j'ai volé son bouquin, *L'Hérésiarque et Cie*, à la librairie Stock, parce que je n'avais pas le rond pour l'acheter, il n'a rien fait pour me sortir de prison. Quant à l'article que je lui ai presque dicté pour *Le Mercure* sur les funérailles de Walt Whitman, je préfère ne rien dire. Ce serait trop long à expliquer. Puis, ici on est déjà bien servis en matière de funérailles, non ? Avec l'enterrement de Whitman, ça ferait doublon.

– Vous lui pardonnez, alors ?

– Qui crois-tu que je sois pour pardonner ? Et pardonner quoi ? Je ne suis pas là pour régler mes comptes. Il m'a utilisé comme copiste à la Bibliothèque nationale de France, comme nègre, comme faire-valoir. Mais j'étais bien content de toucher les quelques pièces qu'il me donnait pour chaque roman de chevalerie que je lui transcrivais. Ce n'était pas très glorieux comme travail, mais que veux-tu ? Lui, il était déjà installé et reconnu. Moi, je crevais la dalle. Alors… »

Le poète adressa un sourire triste au tombeau de Kostro, puis il lâcha :

« Il y a peut-être une seule chose que je ne pourrai pas lui pardonner.

– Laquelle ?

– Il m'a abandonné aussi rapidement qu'il m'avait donné son amitié… »

Sous un quartier de lune maigre, Cendrars sentit que ses yeux s'embuaient. Alors qu'il allait tenter de plaisanter à nouveau, ce fut Satie qui le prit de court. Le bras tendu droit devant lui, une nouvelle fois, il bredouilla soudain :

« Là ! Là ! Vous avez vu ?

– Quoi donc ?

– Mais là, je vous dis !

– Ça y est… Ça te reprend comme au Chien qui fume et à la Closerie, c'est ça ? »

De plus en plus agité, le musicien cria cette fois, de toute la force de sa poitrine étroite :

« Elle est là, je vous dis ! C'est merveilleux, Cendrars ! C'est un miracle ! C'est hystériquement formidable ! Il n'y a pas d'autres mots ! Elle est là !

– Qui ça ? Biqui ?

– Oui ! Biqui est là ! Vous êtes un génie, mon ami ! Un véritable génie ! »

Regardant dans la direction que lui indiquait Satie, Cendrars n'eut que le temps de voir, disparaissant aussitôt derrière une pierre tombale imposante plantée d'un christ de douleur, un éclair rouge tirant sur le safran. Ce fut comme une ampoule en surtension qui claque soudain et laisse la nuit dévorer immédiatement sa clarté. Lorsqu'il se retourna vers le musicien, celui-ci avait déjà disparu, ne rappelant sa présence sur la tombe d'Apollinaire que par le bruit froissé de graviers remués par une course désordonnée dans les ténèbres. Au milieu de l'immense solitude du cimetière du Père-Lachaise, ne retentissait plus maintenant qu'un cri, gonflé de joie et d'espoir :

« Biqui ! »

LE PIANO BASTRINGUE DU PETIT BILLARD

Blaise Cendrars ne mit pas longtemps à retrouver Erik Satie. Sans même avoir à le chercher, il tomba sur lui alors que le compositeur cheminait le long du mur d'enceinte du cimetière, s'appuyant à chaque pas sur son parapluie. Le poète le rattrapa sans peine et, lorsqu'il fut parvenu à sa hauteur, il se contenta tout d'abord de lui coller entre les lèvres une cigarette de gris tout juste allumée. Après lui avoir laissé le temps d'en tirer quelques bouffées, il demanda :

« Alors ? Pas de Biqui ?

– Non. J'étais pourtant sûr que c'était elle. C'est idiot, n'est-ce pas ? Comme vous aurez déjà pu le noter, de toute façon, je ne suis qu'un vieil imbécile.

– Tu auras vu un feu follet. Dans les cimetières, ce n'est pas ce qui manque. Mais on va peut-être arrêter la chasse à la Biqui pour ce soir, non ? On a pas mal crapahuté et je suis moulu comme du poivre. Pas toi ?

– Moi ? Vous savez, je vais tous les jours à Paris depuis Arcueil, aller et retour à pied. »

Le poète émit un petit sifflement admiratif et calcula rapidement :

« Attends… Ça doit bien faire dans ses huit kilomètres, cette affaire-là.

– Disons plutôt dix.

– Soit. Tu te tapes donc vingt kilomètres à pinces, tous les jours ? Chapeau. Et tu ne prends jamais le taxi ?

– La princesse de Polignac ou le comte de Beaumont m'offrent toujours de me faire raccompagner chez moi par leur chauffeur, lorsque je vais déjeuner chez eux. Mais il est rare que j'accepte la voiture.

– Pourquoi ça ? Ils sont riches à millions et ça ne leur coûte rien. Alors ? »

Gêné, le musicien rendit la cigarette au poète et tenta de se justifier :

« Je suis venu au monde très jeune, vous savez. Et j'ai des manières qui ne sont pas d'aujourd'hui. Je ne me vois pas être raccompagné jusque chez moi par un chauffeur sans pouvoir lui glisser la pièce, en guise de remerciement. Et je n'ai pas toujours une pièce sur moi, que voulez-vous…

– Tu es un gentleman, ma vieille. Un vrai, comme on n'en fait plus. »

Lorsqu'ils touchèrent à la place de la Nation, les deux hommes demeurèrent un instant silencieux, ne sachant trop quoi se dire avant de se séparer. Une pluie fine s'était remise à tomber, plus aucune voiture ne roulait sur les pavés bombus. Avec des gestes lents, un garçon apathique portant un tablier sur le ventre déménageait derrière eux les tables et les chaises d'une terrasse de brasserie portant le nom de Petit Billard. À l'intérieur, dans une lumière jaune et épaisse comme un Pernod trop tassé, quelques habitués faisaient la fermeture.

Lorsqu'il s'aperçut que Satie tremblait, faisant irrésistiblement penser à un moineau transi, Cendrars le prit soudain d'autorité par le bras et le tira en direction de l'entrée de l'établissement, tout en lançant :

« Allez ! On ne va pas se quitter comme ça, l'ami. Surtout que tu as encore une longue route à faire. On va s'en jeter un dernier, ça te dit ? »

À la fois surpris et ravi par cette proposition, le musicien s'ouvrit d'un large sourire, immédiatement remplacé par une grimace de désappointement.

« Je veux bien boire, mais comment allons-nous faire pour régler les consommations ? Vous avez de l'argent ?

– Moi, non. Mais toi, tu as tes deux bras et tes deux mains, que je sache.

– Je ne vois pas bien le rapport.

– Je connais le patron, c'est un chic type. Si on lui propose que tu joues du piano contre deux bières, ça m'étonnerait qu'il refuse. Et, s'il lui reste un fond de plat du jour, il sera bien heureux de nous le refourguer. C'est un brave homme qui préfère nourrir les artistes que les chiens…

– Moi, pas. Plus je connais les hommes, plus j'admire les chiens. Mais je suis d'accord pour jouer. J'ai faim et j'ai grand soif ! »

Loin de la Closerie des Lilas, de Wepler, du Dôme, du Lapin agile ou de la Rotonde, le Petit Billard de Nation était une brasserie qui ne brillait pas par ses cuivres, son service stylé ni même par sa carte. Repère d'anarchistes idéalistes sur le retour et de nostalgiques de la Commune qui descendaient du gros rouge ou du mousseux dans des verres à culot épais, le lieu était sans chichi, à la bonne franquette. Le patron, qui se disait toulonnais et descendant d'une glorieuse lignée de galériens, ne se montrait pas très regardant sur la clientèle. Pour un café à deux sous, on pouvait passer une après-midi ou une soirée entières à écouter les divagations alcoolisées des uns et des autres, ou bien conter fleurette à de petites secrétaires sans rêve ni histoire. La maison était honnête même si, contrairement à ce que pouvait laisser supposer son enseigne, il n'y avait aucun billard faisant claquer ses boules dans la salle du fond.

Au milieu d'une brume épaisse de fumées de cigarettes hongroises et de Caporal du pauvre, les deux hommes finissaient maintenant d'avaler une énorme platée de haricots de mouton avec des sourires ravis. La tambouille avait bien un peu accroché dans le fond de la casserole et offrait au palais un goût de brûlé assez prononcé, mais ce défaut mineur s'éteignait immédiatement à force de bière fraîche. Le patron, comme l'avait dit Cendrars, était conciliant. Durant une demi-heure, Satie avait plaqué sur le clavier d'un piano droit suffisamment d'accords pour payer leur pitance, faisant chanter aux ivrognes des airs populaires et connus de chacun. Arrimés au comptoir dans la sainte fraternité des boit-sans-soif, en costumes dépareillés ou bien vêtus de pantalons à pont, coiffés de casquettes cassées et la glotte tremblotant d'émotion sous l'étreinte de foulards rouges noués jusqu'à risquer l'asphyxie, les hommes avaient beuglé et trinqué, le regard vitreux, l'humanité à fleur de peau. Les lèvres humides, ils s'étaient tenus aux épaules, massacrant les paroles des goualantes ou des drames réalistes, ponctuant chacune de leurs erreurs de clins d'œil trop appuyés. Le musicien, lui, s'était contenté de taper et de taper encore sur le clavier, jusqu'à s'en faire mal aux phalanges, trop heureux de faire vivre une fois encore le miracle de la musique en action.

Après cet intermède de mélodies et de communion, lorsque les haricots de mouton avaient atterri en fumant sur un petit guéridon de marbre fêlé situé près du poêle à charbon, le poète et le musicien s'étaient attablés de bon appétit. Afin de pouvoir souper, ils avaient dû jurer que Satie reviendrait faire vibrer le piano, entre la poire et le fromage. Forts de cette promesse, et après une série interminable d'accolades viriles durant lesquelles les lorgnons du musicien souffrirent un peu, ils purent enfin abandonner l'instrument pour un temps et se remplir le ventre afin de se remettre du baume au cœur.

Maintenant rassasié, le musicien essuya soigneusement sa barbichette de maître d'école et ses moustaches avec un coin de serviette, puis il s'amusa :

« J'aurai quand même composé un nombre conséquent de chansons, n'est-ce pas ? »

Se curant les dents avec une allumette taillée en pointe, le poète s'étonna :

« Tout ce que tu as joué, c'était de toi ?

– Parfaitement, jeune homme. Je reconnais que ce ne sont que des bluettes sans la moindre importance pour la grande musique. Mais, en cherchant bien, il doit y avoir quand même deux ou trois mesures qui valaient la peine d'être écrites, n'est-ce pas ?

– Je vais te parler franchement, ma vieille. Je ne connais pas grand-chose à la musique mais, en revanche, je connais les hommes. Et je peux te dire que tu leur as donné plus de plaisir que s'ils étaient allés écouter un concert de musique de chambre à la salle Gaveau. Et pour moi, c'est pareil. Je n'aime pas la musique que l'on doit absolument écouter en se tenant la tête entre les mains. »

Comme le patron, satisfait de la tournure que prenait cette fin de soirée, s'approchait avec un paquet de Crapulos à peine entamé et une bouteille de Garlaban, le musicien hocha lentement la tête en signe de reconnaissance. Après avoir tiré à plusieurs reprises sur le bout de son nez, il répliqua :

« Alors, vous pourriez peut-être bien aimer ma musique que je nomme "musique d'ameublement"...

– Qu'est-ce que c'est ?

– Il faudrait au moins une nuit entière pour vous expliquer cela. Ce qui prouve, soit dit en passant, que ce n'est pas une musique réussie, mais bien plutôt une fantaisie intellectuelle, un snobisme de compositeur. Une bonne musique doit s'imposer d'elle-même, sans nécessiter d'explication, ne trouvez-vous pas ? »

En guise de réponse, Cendrars haussa les sourcils pour signifier une nouvelle fois son incompétence sur le sujet. Aussitôt, Satie reprit :

« Pour être simple, ma musique d'ameublement, c'est une musique qui tient compte des bruits ambiants. Ici, par exemple, elle serait parfaite pour adoucir le bruit des fourchettes, les rires de nos camarades du comptoir, voire les silences pesants qui peuvent s'installer à table, lorsque les convives n'ont plus rien à se dire. Bref, c'est une musique qui ne doit pas se faire remarquer mais qui, pour être comprise, nécessite des explications... »

Ne sachant pas si le musicien plaisantait ou si, au contraire, il faisait preuve du plus grand des sérieux, Cendrars plissa ses yeux de pachyderme repu et avoua :

« Je ne comprends strictement rien à ce que tu viens de dire. Ne m'en veux pas.

– Non seulement je ne vous en veux pas mais, en plus, je vous félicite de n'y avoir rien compris ! Pour ma part, avec l'âge, je prends plus de plaisir à jouer mes succès comme *Allons-y Chochotte !* ou *Tendrement* plutôt que mes *Quatre préludes flasques pour un chien*. Les premiers cités sont, je le concède volontiers à nouveau, de rudes saloperies. Mais ils font chanter, pleurer ou rire. Et ce qui me semble bon pour la musique me paraît aussi valable pour la littérature et la poésie. Toutefois, je ne peux pas être aussi catégorique car je dois maintenant vous avouer à mon tour que je n'entends pas grand-chose aux finesses esthétiques de ces manieurs de plume. »

Pendant que le patron regagnait l'arrière de son comptoir d'un pas lourd, Cendrars alluma un Crapulos qu'il tendit à son compagnon. D'une voix enjouée, il s'exclama :

« Alors, la messe est dite ! Et je te félicite à mon tour de ne rien comprendre aux élucubrations des dadaïstes ou des surréalistes. Casser les codes et choquer pour choquer ne suffit pas à produire de la bonne littérature.

– Et qu'est-ce que la bonne littérature, selon vous ?

– Une littérature qui ne soit pas emmerdante. Ça n'a l'air de rien, mais la majorité des livres d'aujourd'hui vous tombent des mains. Et les miens peut-être aussi, remarque bien. On ne peut pas être à la fois juge et partie, n'est-ce pas ?

– Monsieur Cendrars ! »

Avec une amère conviction, le poète répliqua :

« Moi, comme les autres ! Souvent, je me demande ce qu'il m'a pris d'écrire. Et, à ce jour, je ne peux plus entrer dans une librairie sans avoir envie de vomir. Partout, sur les rayons des étagères, sur les dessertes et jusque sur le comptoir, ce sont des livres et encore des livres. Ça déborde de partout, ça s'empile, ça s'empoussière, ça pourrit de moisissures. Et tout ça, avec des titres qui essaient de te taper dans l'œil comme les filles d'Amsterdam. Derrière chaque livre, il y a un homme ou une femme qui espère avoir écrit non pas un chef-d'œuvre, mais *le* chef-d'œuvre, le livre parfait. Ils y mettent toute leur âme, tout leur temps, toute leur énergie et toutes leurs illusions. Ils se négligent eux-mêmes. Ils finissent par abandonner leur famille et leurs amis. Ils se refusent le moindre plaisir, tout à leur fièvre, tout excités qu'ils sont par le livre à écrire. Et quand leur jus de cervelle est bien couché sur la feuille, quand les premiers exemplaires qui sentent encore le neuf, l'encre et le papier prennent place dans les librairies qui débordent déjà de toutes parts, ils ne sont même pas fiers. Ils réalisent soudain que tout ça, ça n'a servi à rien. À rien d'autre qu'à leur gâcher la vie. Ils comprennent que leur livre n'était pas si bon que ça, tout de même, qu'ils sont capables de faire beaucoup mieux. Alors, ça les reprend encore plus violemment qu'avant. C'est plus fort qu'eux. C'est plus puissant que tout, cette manie de coller des pattes de mouche sur la page blanche dans l'espoir que, peut-être, leur livre intéressera quelqu'un. C'est sans fin. Et encore, je ne te parle là que des romanciers honnêtes. »

Après avoir éclusé sa dernière gorgée de bière, il conclut :

« Écrire, crois-moi, je ne connais rien de plus décevant.

– Et pourtant, vous écrivez.

– Non. Je commence seulement à écrire, nuance. Avant, j'étais poète… et poète, ce n'est pas écrivain. Grasset m'a acheté *L'Or* et il espère en faire un succès. C'est l'histoire épatante d'un homme qui est devenu richissime grâce à son travail et à sa réussite dans l'agriculture, aux États-Unis d'Amérique. Hélas pour lui, la découverte soudaine de gisements d'or sur ses terres le rend misérable. De l'or qui rend un homme plus pauvre encore que ce pauvre Job et qui le conduit à la déchéance. Si Grasset ne mange pas la grenouille avec ça, je serai bien content pour lui, remarque. Mais je n'y crois guère… »

De l'index, il repoussa son assiette vers le centre de la table, puis il poursuivit :

« Moi, je suis bien placé pour savoir que l'écriture ne nourrit pas son homme. Pour en vivre, il ne faut pas seulement écrire. Il faut en plus savoir manigancer, manger à tous les râteliers, avoir de l'entregent et, souvent, pas beaucoup de fierté ni d'orgueil. Kostro était doué pour ça. Et Cocteau, à ce jeu-là, c'est un maître. Moi, pas. »

En entendant le nom de Cocteau, Satie serra les poings nerveusement. Plutôt que de laisser à nouveau libre cours à sa rancœur, il acquiesça :

« Vous avez raison, Monsieur Cendrars. Et je sais moi aussi de quoi je parle. Les chansonnettes que j'ai écrites pour le cabaret ont toujours eu beaucoup plus de succès que mes *Gnossiennes*. Mademoiselle Paulette Darty est riche et célèbre, elle. Et moi, je ne suis rien. L'énorme gâchis qu'est ma vie, tout cela m'est advenu par la faute de la musique. Cet art m'a fait plus de mal que de bien. Il m'a brouillé aussi avec un grand nombre de gens de qualité, tous fort honorables et plus que distingués, très comme il faut. Mais, à moi, qu'est-ce que la musique m'a apporté ? »

Comme de nouveaux éclats de rire allumés par les forçats du comptoir constellaient soudain les murs ternes du Petit Billard à la façon d'étoiles multicolores, le poète haussa les épaules et s'exclama :

« Allez, ma vieille ! Ne sombre pas dans la mélancolie. D'abord, c'est mauvais pour la digestion puis ça n'avance à rien. Tu as voulu faire de l'art et moi aussi ? On est servis, non ? Tu composes et j'écris. Alors ?

– Mais qu'est-ce qu'on y gagne ? »

De son bras valide, Cendrars désigna la bande de joyeux drilles qui continuait à s'esclaffer et à partir dans des quintes de rire irrépressibles, les larmes aux yeux et le ventre douloureux. Puis, il répondit :

« Mais ça, mon vieux ! Ça et aussi de la bière gratuite, un cigare, une goutte et du haricot de mouton à peine brûlé !

– Et Biqui ?

– Je t'ai déjà dit que tu m'emmerdes, avec ta Biqui ! »

Se soulevant soudain sur sa chaise, le musicien se rebella :

« Elle m'a quitté pour mon meilleur ami qui était un employé de la Banque de France, mais je ne vous ai pas tout dit ! Après lui, elle s'est acoquinée avec un homme âgé de vingt ans de moins qu'elle ! Un ami de son propre fils, figurez-vous ! Un électricien de la centrale Trudaine !

– La belle affaire...

– Ils ont fait ménage à trois, Monsieur. Une espèce de trinité maudite, une triade absolument contre nature ! Et si ma Biqui est encore avec lui, aujourd'hui, c'est parce que ce saligaud s'y entend pour vendre les tableaux de son fils, et même ses tableaux à elle ! Quelle honte ! Si j'avais su, j'aurais demandé aux fées qui se sont penchées sur mon berceau de me donner l'art de faire des affaires et pas celui du contrepoint ! »

Deux épaves ventripotentes se tenant par le bras titubèrent à cet instant jusqu'à la table des deux hommes, la bouche hilare, les regards déjà en voyage vers un monde meilleur peuplé de mominettes, de galopins, de blanc limé et d'eau-de-vie de poire. Sans autre forme de procès, ils attrapèrent Satie par les aisselles et le soulevèrent pour le ramener jusqu'au piano. Le temps de la repasse était venu. Les gosiers étaient chauds, l'envie de chanter pour mater la tristesse devenait la plus forte et le pianiste devait tenir sa parole. Il avait promis de convoquer sur le clavier *Je te veux*, *J'avais un ami* et *La Diva de l'Empire*. Sous peine de déclencher un tollé de protestations avinées, il n'y avait aucun moyen pour lui de se défiler. Incapable de lutter contre la masse bonhomme des deux acolytes, le musicien pédala bien un peu dans le vide tout en s'indignant mais, dès qu'il fut assis d'autorité sur le tabouret à vis, il ne put que s'exécuter sous les vivats de l'assemblée qui saluèrent comme il se devait les premiers accords. La tournée générale magnanimement offerte par le patron augmenta encore le bonheur de chacun et celui-ci, aussitôt les verres remplis, se mit à battre la mesure de son index levé.

*

« Blaise ! Mon très bon ami Blaise ! Mais qu'est-ce que tu fiches dans un endroit pareil, vieux filou ?

– Et toi ? Je te croyais en Russie ! Vitebsk n'est plus ton petit paradis ? Tu as renié le marteau et la faucille ?

– Vitebsk est toujours mon paradis, rassure-toi. Mais depuis que ce sagouin de Malevitch m'a débarqué de mon école artistique, je ne vais plus en Russie qu'en reculant. Ce forban l'a rebaptisée l'Académie suprématiste, pour faire plaisir à tous ces rêveurs du praesidium de l'URSS !

– Alors, te voilà, quoi ! »

Deux paupières en fentes de tirelires laissant éclater un regard coquin, roublard, perpétuellement amusé et pourtant éternellement triste, un nez fier planté comme un drapeau surplombant avec majesté deux lèvres à la couleur de grenades mûres, incapable de s'exprimer sans accompagner le moindre de ses mots par des danses improvisées de ses longs doigts de peintre, vêtu d'un costume du dernier chic, drapé dans un manteau anthracite droit lui tombant aux genoux et doublé d'une flanelle sanguine, le haut-de-forme et les gants de chevreau dans une main, la canne sculptée dans l'autre, Marc Chagall fit voler son macfarlane luisant de gouttelettes de pluie sur une chaise et ouvrit ses bras en grand pour étreindre contre lui le poète du monde entier.

Faisant semblant de ne pas remarquer la tenue pouilleuse de Cendrars, le peintre se fendit soudain d'une passe vraisemblablement empruntée à la tauromachie. Avec un petit accent russe délicieux que quatorze années de vie parisienne n'avaient pas réussi à escamoter complètement, il effectua un petit pas sur le côté et jeta de sa voix argentée quelques mots qui rebondirent comme des boules de mercure dans le Petit Billard :

« Laisse-moi te présenter Mademoiselle Iris de Fontanges, qui dit être la nièce d'Ambroise Vollard. Vollard, tu sais bien ? C'est le meilleur marchand d'art de toute la place de Paris, puisqu'il a le bon goût d'acheter toutes mes toiles ! »

Dans la lumière des becs de gaz, une femme d'une vingtaine d'années apparut alors, vêtue à la mode gitane. Plutôt petite et menue, les cheveux longs et bouclés d'un noir de jais encadrant un visage hâlé par trop de soleil, elle plongea dans les yeux du poète un regard de mica piqueté d'étoiles d'or. Aux oreilles, deux créoles au diamètre démesuré lançaient des éclats de lumière. Les mains sur les hanches, elle esquissa un pas de fandango dans sa jupe à volants sanguine, retenue par une ceinture de soie bleue. Sur un claquement autoritaire de son talon, ses lèvres s'immobilisèrent enfin à quelques millimètres de celles de Cendrars.

Derrière la masse de ses cheveux mouvants, la voix délicieuse du peintre se fit à nouveau entendre, toujours rieuse :

« Elle est saoule comme une grive ! Mais fais attention à toi, mon vieux. Elle se prend pour une véritable gitane. Elle est persuadée de pouvoir lire ton avenir dans les lignes de ta main... »

Dès son arrivée à Paris, en 1910, le peintre avait fait la connaissance du poète par l'entremise des Delaunay. Débarquant en droite ligne de Vitebsk, une ville située dans le nord-est de la province de Biélorussie, il avait trouvé en Cendrars bien plus qu'un Français parlant parfaitement le russe. Tous deux nés en 1887, ils étaient également pauvres, anarchisants, épicuriens, je-m'en-foutistes et intimement persuadés de pouvoir inscrire en lettres d'or leurs deux noms dans la grande histoire de la Belle Époque. Partageant toujours en deux parts égales ce qu'ils avaient et, bien plus souvent, ce qu'ils n'avaient pas, ils avaient battu ensemble le pavé de Paris, avant et après la guerre. Le Suisse y avait laissé un bras pour sauver la France qui l'avait accueilli, le Biélorusse était resté coincé à Vitebsk. Dès l'armistice signé, tous deux avaient repris leurs vagabondages sans fin. Le succès était venu pour l'un, abandonnant l'autre à ses rêves de poésies et de voyages.

Après avoir avancé une chaise pour la gitane qui s'y installa sans manières, les deux jambes écartées, Chagall s'assit à son tour et sortit d'un étui en or deux Londrès, des cigares de première qualité qu'il alluma à la flamme d'une suédoise obligeamment tendue par Cendrars. Pendant que le littérateur tétait avec gourmandise le tabac blond et tendre de Cuba, il expliqua :

« Si tu me vois habillé en milord, ne va pas t'imaginer des choses. Surtout pas !

– Mais je n'imagine rien du tout, corsaire…

– Le bon Ambroise Vollard connaît mon goût pour les jolies femmes et, en parfait gentilhomme, il m'a trouvé en la personne de Mademoiselle une nièce providentielle. Pourvu que je signe avec lui, cette jeune fille me suivra jusqu'au bout du monde.

– Alors, tu es entre de bonnes mains, même si je te fiche mon billet que cette gitane n'a jamais dépassé la ceinture des grands boulevards. Et ton marchand de croûtes? Qu'est-ce qu'il veut que tu signes?

– Une commande, parbleu! Et tiens-toi bien, camarade : il veut trente gouaches et une centaine d'eaux-fortes pour illustrer les fables de La Fontaine... »

En silence, Cendrars apprécia la nouvelle. Vollard était un connaisseur en matière d'art et il aurait de toute façon fallu être parfaitement aveugle pour ne pas comprendre que les toiles de Chagall avaient du génie, pour certaines d'entre elles. De plus, et ce qui ne gâchait rien, il s'y connaissait aussi en hommes et savait qu'aucun Russe ne pouvait résister aux frimousses de ses multiples nièces ni aux repas pantagruéliques qu'il organisait régulièrement dans ses appartements où, faute de place sur les murs, les toiles et les châssis s'entassaient à même le sol.

Passablement éméché, lui aussi, le peintre ajouta :

« Il veut ensuite une autre centaine d'eaux-fortes pour les *Âmes mortes* de Gogol et, si tout va bien, je vais même peindre la Bible. Qu'est-ce que tu dis de ça? La Bible, moi qui m'appelle Moïshe Zakharovitch Chagalov, descendant du peuple qui a crucifié Jésus! Quelle ironie, tout de même...

– J'en suis bien heureux pour toi, mon vieux. Bien heureux, vraiment. Et où vas-tu, avec ton Esmeralda?

– Ici et là, tu sais ce que c'est. On fête la nouvelle. On était à la Cave Mortceuf, pour boire du whisky et écouter du jazz. Puis, on est passés au Perroquet, chez Florence, au Gaya, et même à la Closerie. On m'a dit que tu y avais fait un tour et qu'il y avait fait mauvais temps pour toi, c'est vrai? »

Avant de répondre, le poète fit jouer un instant ses maxillaires dans les éclats de piano de Satie. Puis, il demanda :

« Qui t'a dit ça? »

Se sentant sur le point d'être pris en défaut, et connaissant trop bien les brusques poussées de colère dont Cendrars pouvait être capable depuis son retour des tranchées, Chagall tapa à plusieurs reprises le sol avec sa canne pour réclamer à boire. Se tournant en direction de la bande de pochards qui entouraient le musicien et lui assénaient régulièrement de grandes tapes dans le dos, il fit mine de s'étonner :

« Mais dis-moi ? Ce petit Monsieur, là-bas, au clavier ? Ce ne serait pas Satie, par hasard ? Qu'est-ce qu'il fiche avec cette bande d'ivrognes ? »

Impassible, Cendrars répéta :

« Qui t'a dit ça ?

– Oui, c'est Satie, n'est-ce pas ? Veux-tu qu'on l'invite à boire avec nous ?

– Il est déjà avec moi. Alors ? Qu'est-ce qu'on t'a dit sur moi, à la Closerie ? »

Pour la première fois depuis son arrivée au Petit Billard, le peintre chassa son sourire radieux de son visage, rangea ses mains sous la table et tenta d'expliquer :

« Je suis arrivé, juste comme tu venais de partir. Au milieu de la salle, il y avait Cocteau avec son costume imbécile qui tournait comme un derviche. Il s'amusait à faire rire tout le monde en racontant des choses sur Satie.

– Répète-moi ce qu'il a dit.

– Ce n'était pas très gentil, tu t'en doutes. Mais il était fin saoul et tu sais qu'il a tendance à toujours tout exagérer. D'ailleurs, ça ne vaut pas la peine de parler de ça. Raconte-moi plutôt ce que tu deviens. Il paraît que tu es parti au Brésil ? »

Se penchant lentement par-dessus le guéridon de marbre, Cendrars gronda, les yeux dans les yeux de Chagall :

« Je t'écoute...

– Tu me fatigues, petit Suisse. Mais si tu veux tout savoir, il a dit que… Il a dit que Satie était un inverti, un homosexuel qui fricotait avec les marins, dans la rade de Toulon. Et qu'il habitait une maison du crime, à Arcueil. Voilà, c'est tout ce qu'il a dit.

– Tu en es sûr ?

– Non… Il a dit aussi que Satie était à vendre, qu'il ferait tout pour de l'argent. Que c'était un communiste et que lui, il était fier d'être un patriote de l'extrême droite. Mais il était saoul, je te dis ! Saoul comme tout un régiment de cosaques !

– Il était surtout con, oui. Et sur moi, qu'est-ce qu'il a dit ? »

Cette fois, le peintre se recula prudemment sur sa chaise. Après avoir passé son index entre son cou et le col de sa chemise retenue par un nœud papillon, il tenta à nouveau de minimiser la situation :

« Tu sais bien qu'il tuerait sa propre mère pour faire un bon mot. Laisse tomber tout ça, je te dis. Les paroles ne font que s'envoler, ce n'est que du vent qui passe.

– Qu'est-ce qu'il a dit sur moi ? Je t'écoute. Maintenant ! »

Acculé dans ses derniers retranchements, s'apercevant que la nièce du bon Vollard s'endormait peu à peu sur sa chaise et qu'elle ne pouvait lui être d'aucun secours, il finit par lâcher, à regret :

« Selon lui, tu n'as jamais pris le Transsibérien. Il a dit que tu n'avais jamais voyagé de ta vie et que tu ne voyagerais jamais ailleurs que dans les cafés et dans les banlieues pour les pauvres. Bref, que tu es un menteur… »

Deux minutes plus tard, la voiture avec chauffeur obligeamment affrétée par Vollard démarrait sur les chapeaux de roues. À l'avant, Chagall continuait à vouloir dédramatiser l'incident.

Sur la banquette arrière, le parapluie coincé entre ses jambes, Erik Satie ne comprenait toujours pas pourquoi Cendrars l'avait soulevé comme un fétu de paille de son tabouret pour le jeter dans cette Austro Daimler ADV flambant neuve.

Sans lâcher du regard la poitrine laiteuse de la gitane qui apparaissait et disparaissait au rythme des lampadaires, il glissa à l'oreille du poète :

« Mais où va-t-on, Monsieur Cendrars ? Je les tenais bien, vous savez ? Ce n'était pas un public facile, mais je les avais ! C'est bien dommage, tout de même… »

Le regard noir, Cendrars répliqua :

« La gitane que tu vois là est une médium. Elle a lu ton avenir dans ton verre de bière, pendant que tu faisais le singe sur ton piano.

– Mais ce n'est pas plutôt dans le café que l'on…

– Elle a lu ton avenir dans ton galopin et elle m'a dit que tu allais retrouver ta Biqui, dès ce soir.

– Vous êtes sérieux ? Vraiment ? Mais c'est merveilleux ! Quelle nuit, tout de même… Et où se trouve ma Biqui ?

– À la Closerie. Mais, avant, on doit faire une autre petite course. Chagall, demande à ton chauffeur de nous laisser au Jardin des Plantes… »

LES GITANS DE LA ZONE D'AUSTERLITZ

Quelques minutes plus tard, après avoir franchi la Seine par le pont d'Austerlitz, la voiture arrêta sa course sur la place Valhubert. Un grondement à peine audible s'échappait par spasmes réguliers du large cours du fleuve qui charriait une eau limoneuse et lourde. D'autorité, Cendrars tira Satie hors du véhicule et le maintint près de lui en le tenant par le poignet. À cet instant, Chagall se pencha par la fenêtre de la Daimler et s'inquiéta :

« Mon très cher bon ami Blaise, je ne sais pas ce que tu vas faire à une heure pareille, au Jardin des Plantes. Mais fais attention à toi.

– Ne t'en fais pas. Je n'en aurai pas pour longtemps, juste une petite chose à récupérer.

– Si tu as besoin de moi, je serai à la Closerie. Pour finir de me saouler et pour gifler Cocteau et sa bande de pédants.

– Surtout pas ! Ça, je m'en charge… »

Au dernier moment, le peintre interrompit le signal du départ qu'il s'apprêtait à donner à son chauffeur, puis il glissa :

« Ne sois pas trop dur, avec Cocteau. Il a quand même du génie.

– Que les cons puissent avoir du génie, ça me dépasse. Ça prouve une fois de plus que le monde est bien mal fait. Puis, ça ne veut rien dire d'avoir du génie. Pour toi, tout le monde a du génie. Même ton Esmeralda du rayon lingerie du Bon Marché, je me trompe ?

– Qu'est-ce que tu veux ? Le jour où j'ai échappé à la guerre, je me suis juré que je contemplerais désormais l'univers entier avec les yeux d'un enfant. Si elle est Esmeralda, je suis Quasimodo. Là où la vie est trop laide, j'ajoute de la poésie. L'essentiel, c'est d'y croire. Au fait, prends ça, tant que j'y pense… »

Joignant le geste à la parole, Chagall tira de l'une des poches de son manteau de ministre une liasse conséquente de billets de cent francs qu'il fourra par surprise dans l'entrebâillement du pardessus du poète. Avant que celui-ci ne puisse protester, la voiture redémarra, tous phares allumés, pendant que la voix du peintre lançait, son accent russe se contentant toujours de caresser les « r » :

« Ce n'est que de l'argent, mon ami ! J'en ai d'autre ! Si tu ne sais pas pourquoi je te le donne, moi je le sais ! »

« Monsieur Cendrars, vous avez tout de même d'étranges façons d'occuper vos nuits. Pourquoi m'emmenez-vous au Jardin des Plantes ?

– Pour peigner la girafe, mon vieux.

– Pardon ?

– Rien. Et on ne va pas au Jardin des Plantes. On va à la gare d'Austerlitz.

– Mais pour quoi faire ?

– Je te l'ai dit : pour peigner la girafe… »

Après le départ de la Daimler, le poète avait pris la liasse de billets et l'avait observée un instant sous la lune. Avec ça, il allait pouvoir rembourser ses dettes et, s'il en restait un peu, il pourrait même offrir à Raymone une virée à Biarritz, chez son amie chilienne Eugenia Errázuriz. Les droits de *La Création du monde*, un argument qu'il avait écrit pour les Ballets suédois et qui avait été monté l'année précédente sur une musique de Darius Milhaud, avec des costumes et des décors de Fernand Léger, lui avaient rapporté dix mille francs. Une partie de cette somme avait été consacrée à l'achat de l'Alfa Romeo de Braque, un bolide décoré par le peintre lui-même qu'il conduisait d'une seule main, avec des éclats de rire de môme sur un manège. La manne inespérée de *La Création* n'avait malheureusement pas tenu bien longtemps. Faute d'argent pour acheter de l'essence, la voiture dormait maintenant dans leur petite maison du Tremblay-sur-Mauldre. Avec les billets de Chagall, l'aventure allait pouvoir recommencer, direction Biarritz puis, pourquoi pas, Marseille et ses calanques blanches de la Redonne.

Avec un soupir, Cendrars enfouit la liasse de billets dans la poche intérieure de son pardessus et sentit aussitôt le papier lui brûler la poitrine à travers le tissu. Pour penser à autre chose, il entraîna Satie derrière lui et se mit à marcher d'un bon pas sur le quai d'Austerlitz. D'une voix monocorde, il expliqua :

« Puisque tu m'as fait un cadeau en m'emmenant dans les combles de l'Opéra, je vais t'en faire un à mon tour.

– Mais je ne tiens pas à recevoir de cadeau !

– Et moi ? Tu crois que j'avais envie de rencontrer tes trois guenons qui passent leur temps à tricoter et à bouffer de la carpe ? Bon. Maintenant, là où je t'emmène, c'est sur le ballast des voies sans issue de la gare. Je veux moi aussi te montrer quelque chose que les Parisiens eux-mêmes ne connaissent pas. Ils savent que ça existe, mais aucun d'entre eux ne prendrait le risque d'y aller.

– Pas même la police ? »

Sur les bords de la Seine, qui transportait avec elle tous les rêves que les badauds et les amoureux y avaient déposés durant la journée, le poète s'immobilisa et rétorqua :

« La police ? Surtout pas, malheureux ! S'ils se montraient dans ce coin-là, ils se feraient rectifier aussitôt… »

Les deux hommes reprirent alors leur avancée et Cendrars expliqua toute la chose en quelques phrases. Loin de l'agitation du hall de la gare d'Austerlitz, des voies abandonnées de tous tombaient en misère, mangées par les herbes folles, encombrées de rails tordus, de traverses rouillées et pourries, sans parler de wagonnets n'ayant plus servi depuis la fin du siècle précédent. De grands travaux de déblaiement étaient prévus, bien entendu. Maurice Quentin, le président du Conseil municipal de la ville de Paris, l'avait claironné dès son intronisation mais, en attendant ces métamorphoses salutaires auxquelles les riverains ne voulaient même plus croire, un campement de gitans s'y était établi.

« Vous voulez que l'on aille voir les gitans ? Mais vous êtes devenu fou, mon ami ! Vous voulez signer notre arrêt de mort à tous les deux ! »

Dans l'amoncellement des tentes, des roulottes tirées à cheval, mais aussi des automobiles pour la plupart antédiluviennes, le poète avait ses entrées. En 1914, il avait en effet commandé un gitan prénommé Sawo, un jeune homme frêle à tête d'étudiant, aux dents en argent et aux épaules étroites, qui n'avait pas son pareil pour jouer du couteau. Tous deux s'étaient rapidement liés d'amitié et, à cette époque de gloriole et de cocardes brandies à bout de bras, ils avaient partagé les mêmes rêves de victoires faciles et d'armée boche mise en déroute. Cependant, les assauts avec la baïonnette au canon avaient été précédés par une guerre de positions interminable où l'attente succédait invariablement à l'attente, où l'on s'ankylosait l'esprit en descendant de la gnôle pour ne surtout penser à rien. Au cours des premières semaines, les victimes furent françaises et peu reluisantes, fauchées par la gangrène qui faisait des ravages à cause de la présence constante de la boue au sein des tranchées.

Les combats qui ne se décidaient pas à venir, les copains transportés vers l'arrière pour se faire amputer, les ordres et les brimades que les généraux voulaient chaque jour plus sévères pour tuer dans l'œuf toute idée de rébellion, tout cela avait rapidement eu raison de l'esprit du jeune Sawo. Il avait suivi sans broncher le poète dans l'enfer de Frise-Herleville, de Tilloloy et de Sainte-Marie-aux-Mines, dans les Vosges, afin de préparer ce qui devait être la grande offensive de Champagne. Poincaré avait même passé leur division en revue sans que le jeune homme ne laisse poindre la moindre plainte, présentant un Lebel huit millimètres parfaitement astiqué et une coupe réglementaire sans la moindre fantaisie. Puis, un jour, la folie l'avait saisi à bras-le-corps.

« Aussi vrai que je m'appelle Erik Satie, je vous préviens que je ne vous suivrai pas, Monsieur Cendrars. Savez-vous bien que, là-bas, il paraît que tout grouille de vermine, alors que moi je suis depuis toujours intraitable sur la question de l'hygiène corporelle ? Tenez, je ne respire jamais sans avoir fait, au préalable, bouillir mon air. Je suis un vieux quinquagénaire, ce qui est un titre qui en vaut bien d'autres. Et ce que vous me forcez à faire, à mon âge, est purement scandaleux. D'ailleurs, les scandales sont scandaleux et ils scandalisent tout ! Mais lâchez-moi ! Je suis tout de même assez grand pour marcher tout seul ! »

Sans avertir qui que ce soit, le première classe Sawo avait pris la clé des champs et le caporal Frédéric Louis Sauser, mieux connu sous le nom de Blaise Cendrars, avait dû se résoudre dans son rapport à le pointer comme déserteur. Quelques jours plus tard, le 28 septembre 1915, le poète était parti avec ses troupes à l'assaut des lignes ennemies, dans le secteur de Souain. Son bataillon avait été stoppé net devant la ferme Navarin et, face à la tranchée dite de la Kultur, son bras droit avait été arraché.

« Un déserteur gitan, maintenant. Allez donc savoir de quoi sont capables ces gens-là ! C'est décidé, je n'irai pas… Mais lâchez-moi, je vous dis ! Vous me faites mal, à la fin ! »

L'année suivante, promenant avec Modigliani leur saoulographie morose dans un Paris sans hommes, le poète mutilé était retombé par le plus grand des hasards sur Sawo. Le gitan lui avait sauté dessus à la terrasse du café Critério et l'avait serré dans ses bras. Pour expliquer sa désertion, dont il n'avait même jamais songé à rougir, il lui avait simplement dit que le cafard avait été le plus fort et qu'il ne se voyait pas mourir au combat sans avoir revu sa mère. À ce jour, il crevait de santé et ses cheveux avaient poussé. Il était devenu trafiquant, peut-être souteneur, receleur à coup sûr. Il était vêtu comme il lui plaisait, à l'as de pique, ses dents en argent s'étaient transformées en crochets dorés, il empestait le bouc et l'eau de Cologne et ne fumait plus que des cigarettes orientales à bout doré. Abandonnant Modigliani à son litron de blanc, le poète l'avait suivi jusqu'à son campement de la gare d'Austerlitz sur lequel son oncle dit Le Grêlé et son frère, qui se faisait appeler Le Balafré, régnaient en patriarches.

« Monsieur Cendrars, je vous préviens cette fois de la plus solennelle des façons. Mon médecin, qui est un homme sensé, m'a toujours affirmé que, si je voulais vivre longtemps, il me faudrait vivre vieux. Sachez que je compte bien respecter cette ordonnance à la lettre. À la lettre, vous m'entendez ?

– Arrête de faire le gamin. Si je t'ai suivi jusque sous les couilles d'Apollon, comme le disent tes amies, tu vas bien pouvoir me suivre chez les gitans.

– Ces dames ne sont pas de mes amies !

– Avec moi, tu ne risques rien. Parole d'homme. Et arrête un peu de m'appeler Monsieur, tu veux bien ? »

Ce disant, Cendrars abandonna un instant le poignet du musicien et tapota discrètement son pardessus, au niveau de son Browning, avant de lâcher :

« Tu ne risques rien, je te dis. Puis, si tu cherches vraiment ta Biqui, moi j'ai deux mots à dire à Cocteau. Et je ne veux pas arriver les mains vides. Avec ce qu'on va dénicher là-dedans, je te promets qu'on aura de quoi moucher ton voleur d'opéra. »

*

« Allez, les mômes. Fichez-nous un peu la paix, on ne vient pas pour faire du pétard. On ne veut pas d'histoires.

– Qu'est-ce que tu cherches ? T'es de la police ? Fais gaffe. Nous, on n'aime pas la rousse, dans le coin.

– J'ai une tête à travailler pour les cognes ? Avec un bras en moins ? Tu ne sais pas que c'est interdit ?

– Et qui c'est, ce cave ? On n'a pas idée d'avoir une dégaine pareille… S'il reste là, les petits vont lui jeter des pierres.

– Les petits ne vont rien lui jeter du tout. Tu connais Sawo ? Le neveu du Grêlé ? Alors, file le chercher et dis-lui que c'est pour son pote Blaise… »

L'enfant nommé Diago, d'une douzaine d'années, avait poussé à la va-vite dans la crasse des banlieues et des villages où le campement des gitans faisait ses tournées. Le visage hâve, mangé par deux yeux marron aux longs cils de fille, portant fièrement une maigre moustache de duvet noir, il possédait encore quelque chose d'innocent. Sur son crâne, un galure incroyable, qui avait dû être un haut-de-forme en poils de chameau, planté d'une plume défraîchie, retombait jusqu'au milieu de son front.

Après avoir considéré une nouvelle fois l'équipage inattendu qui venait d'apparaître dans la lumière dansante de trois feux de camp, où mijotait une quelconque tambouille, il aboya dans une langue inconnue du poète un ordre bref dont le ton ne souffrait aucune discussion. Sur l'instant, une douzaine de gamins dont le plus vieux n'avait pas huit ans lâchèrent leurs pierres à regret et s'égayèrent à la façon d'un vol d'étourneaux, tous piaillant avec des cris suraigus le même nom :

« Sawo ! Sawo ! Sawo ! »

Près des feux, quelques femmes assises, les cheveux emprisonnés dans des foulards de couleurs vives et la peau surcuite de soleil, fumaient de longues pipes de terre. De temps en temps, elles semblaient s'interroger entre elles du regard, hochant la tête avec une lassitude qui ne s'expliquait pas. Pour se donner une contenance, Cendrars alluma son reste de Londrès qui avait gardé sa bague de papier doré. Voyant que l'enfant qui les avait interceptés louchait maintenant sur ce mégot de cigare, il finit par le lui tendre. Avec l'air d'un morveux voulant se donner des allures d'affranchi, celui-ci fit tout d'abord mine de mépriser l'offrande. Puis, il le chipa au bout des doigts du visiteur et aspira plusieurs goulées à la suite, faisant rougir la braise comme un œil de cyclope.

Enfin, il lorgna cette fois sur le musicien et, d'une voix décidée, il lui dit :

« Toi, tu me donnes ton parapluie. »

Aussitôt, Satie serra contre lui ce qu'il considérait comme le prolongement naturel de son bras – et sans doute aussi son bien le plus précieux. Outré et effrayé par les dents pointues du gamin qui ne le lâchait pas du regard, il effectua un pas en arrière. Constatant que sa tentative d'intimidation portait ses fruits, le petit gitan reprit, cette fois sur un ton plus dur, faisant sauter dans sa main un cran d'arrêt au manche de corne qu'il venait de tirer de sa poche :

« Tu me donnes ton parapluie, je t'ai dit. Tu me le donnes ou c'est moi qui viens te le prendre. C'est à toi de voir. »

Alors Cendrars intervint, mais il se contenta d'écarter l'un des pans de son pardessus et de dévoiler à la lumière des feux son Browning à la crosse polie. D'un air froid, il rectifia :

« Il ne faut pas jouer les durs quand on n'a qu'une lame, petit. Ça pourrait te causer des problèmes… »

Sans se démonter le moins du monde, le môme ricana d'une voix mauvaise qui n'avait pas encore eu le temps de muer. Puis, il persifla, méprisant :

« Tu crois que tu me fais peur, avec ton bras en moins ? Ici aussi, on a des pistolets. Et même, des fusils et des grenades qu'on a récupérés de la guerre. Alors, le vieux me donne son parapluie et c'est réglé. Avec ça, je vous laisse repartir d'où vous venez et les petits vous cracheront même pas dessus. C'est pas cher payé, non ?

– Et ça, Diago ? C'est assez cher payé, *hijo de tu madre* ? »

Une gifle retentissante venait de frapper l'enfant de plein fouet au niveau de la tempe, faisant valdinguer son galure et l'envoyant bouler sur le sol. Devant lui, flirtant avec le double mètre et les deux cents livres, la moustache en fer à cheval hérissée de frissons d'indignation, le visage criblé par des cicatrices d'une petite vérole trop tardivement soignée, un chapeau de cuir à bords souples penché sur le côté, l'auteur de la gifle cingla encore :

« Je suis ton père, oublie jamais ça. Si je te reprends à jouer au chef, je te coupe les couilles, *cabron*. Cet homme est l'ami de Sawo, mon neveu. Viens t'excuser tout de suite. »

Après s'être relevé, l'enfant tenta de se justifier :

« Je savais pas. Je croyais que c'étaient juste des caves que Sawo avait refaits.

– Va t'excuser, *puta madre* ! »

Une nouvelle gifle, moins violente cette fois, fit relever la tête du gosse. Les yeux embués de larmes mal contenues, Diago vint s'immobiliser devant le poète et le musicien, et il s'exécuta :

« Je vous demande pardon… Tous les amis de Sawo sont nos amis. Vous êtes les bienvenus dans notre camp. »

La lourde main du Grêlé s'éleva une nouvelle fois, mais ce fut pour caresser de façon maladroite la chevelure emmêlée de l'enfant. Sous ses moustaches maintenant apaisées, le patriarche reprit :

« C'est mieux, Diago. Mais le Monsieur a raison. On s'en prend jamais à quelqu'un quand on sait pas les cartes qu'il a dans les mains… »

Quelques instants plus tard, les deux nouveaux venus, en compagnie du Grêlé et de son frère Le Balafré, assis en demi-cercle devant le plus grand des trois feux qui pétillaient dans la nuit, buvaient en silence le verre de la bienvenue. C'était une anisette translucide qui sentait fort la contrebande. Dès la première gorgée, la liqueur éclatait en un bouquet poivré et puissant sur la langue, incendiait le palais, éteignait sans pitié toutes les autres sensations en bouche. Sûre de sa force, elle se faisait, une fois dans la gorge, plus sensuelle et câline, libérant tout son suc et son sucre que les bouilleurs de cru ajoutaient avec générosité afin de faire monter le titrage en alcool.

Sawo n'était pas là. D'après son oncle, il avait dû s'absenter quelques semaines pour une affaire mystérieuse dont il ne dit pas le premier mot, mais le poète comprit au regard lourd du chef qui flottait sur les flammes que l'ancien première classe avait dû croiser la mauvaise fortune. Un fric-frac qui tourne mal, une arrestation pour avoir été pris la main dans le sac, une gagneuse qui s'allonge devant les cognes pour avoir la paix… La suite s'imaginait sans peine, faite d'un fourgon pénitentiaire offert en galop d'adieu et direction la Santé, les menottes cliquetant aux poignets.

Dans cette enclave au sein de Paris, une paix absolue régnait, troublée uniquement par les équipes de nuit des cheminots. De loin en loin, ils pouvaient les voir effectuer leur ronde, tapant parfois d'une massette sur un rail pour vérifier que celui-ci n'était pas fêlé, actionnant des aiguillages, surveillant les vis qui plaquaient l'armature au sol comme une attelle. Tout au bout des voies qui s'élançaient vers l'inconnu, ils marchaient lentement, une lampe à la main, faisant songer à des vers luisants ou des lucioles qui se suivaient par petits groupes.

Au bout du troisième verre, Le Grêlé jugea que suffisamment de temps avait passé et que la cérémonie de bienvenue était achevée. Tout en lissant sa moustache entre ses doigts, à la façon d'un aristocrate de la meilleure maison d'Europe, il lâcha :

« Sawo n'est pas là. Mais il m'a parlé de toi, quand il était à la guerre. Il m'a dit du bien. Qu'est-ce que je peux faire pour t'être agréable, fils ? »

L'homme devait avoir sensiblement le même âge que Cendrars, mais celui-ci ne s'offusqua pas de cette façon de parler. Il prit le temps de finir de lécher l'intérieur du petit verre de liqueur qu'il venait de vider, puis il répondit :

« D'abord, je te remercie pour ton accueil. Sawo m'avait dit que les gitans avaient le sens de l'hospitalité. Je vois maintenant qu'il n'avait pas menti. »

D'un hochement de tête solennel, le chef gitan le remercia pour cette remarque et le poète poursuivit, de sa même voix monocorde :

« Pour ce qui est de cette crapule de Sawo, tu l'embrasseras bien de ma part, lorsqu'il aura réglé son affaire. Que Dieu le protège.

– Je le ferai. Et ensuite ?

– Ensuite ? J'aurais besoin que tu me rendes un service.

– Si je peux. Lequel ?

– Sawo m'a dit que vous aviez des animaux que vous montrez sur les places des villages, pour faire trois ronds. Vous les avez toujours ? »

Le patriarche ordonna d'un geste sec de la main à l'une des femmes qui attendait, debout dans leur dos, de les resservir. Lorsque la bouteille tressée de paille se retira, il acquiesça :

« Toujours. On a des chiens savants et des chats qui parlent. On a une chèvre qui sait compter sur le sol avec ses sabots. Et des souris aussi. Elles marchent sur un fil et elles traversent des cerceaux de feu.

– Tu n'as rien de plus exotique ? »

Comme le Grêlé tiquait sur ce dernier mot et fronçait ses sourcils en broussaille, le poète se reprit :

« Je veux dire : tu n'as pas des animaux moins courants ? Des animaux qu'on ne voit pas normalement ici, en France ?

– Ça se peut. C'est pour faire quoi ?

– Je vais t'expliquer, tu vas comprendre… »

*

Pendant que les trois hommes s'étaient retirés à l'arrière du campement afin de régler leurs affaires, le musicien les avait attendus, accroupi près du feu, continuant à écluser comme autant de chatteries les anisettes que les femmes lui servaient. Le regard amusé derrière ses lorgnons, il se sentait mieux qu'il ne l'avait peut-être encore jamais été de toute son existence. En une moitié de nuit avec le poète, il avait vécu plus de choses qu'il n'aurait même pu l'imaginer. Dans tout son être, à la façon d'une rhapsodie maintenant gitane, les lieux et les visages se bousculaient et s'entrechoquaient, formaient des sons et des harmonies audibles pour lui seul. Nonchalamment, bercé par l'alcool et le crépitement du feu, il se mit à dodeliner de la tête afin de s'imprégner du rythme de cette mélodie qu'il n'oublierait jamais et qu'il composerait, à coup sûr.

Souvent, les gens s'étonnaient du miracle qu'ils nommaient avec une déférence infinie l'inspiration. En retour, lui-même s'étonnait de cet étonnement. Que leur fallait-il donc de plus pour cueillir une mélodie, un vers ou un croquis ? Elle était là, l'inspiration ! Elle grouillait, violente, sucrée ou d'une amertume sans nom, mais elle était là, à portée de main ! Du moins, pour qui savait la voir. Lui, il venait de croiser un Russe blanc se faisant appeler le Baron noir, un chien empaillé qui fumait, une gamine grimpée sur une caisse poussant des goualantes à vous tirer les larmes des yeux, un pianiste autiste à la drôle de gueule, des petites frappes à foulards rouges et des putains qui dansent la valse, la police qui charge, une bagarre générale, la course dans les labyrinthes des ruelles de Montmartre, un allumeur de réverbères de la rue Lepic, les pantins costumés de la Closerie des Lilas, la tombe de Kostro, les beuglards du

Petit billard, Chagall et sa gitane. Et encore, ce n'était pas fini ! Puis, c'était sans compter sur ce diable de Cendrars qui savait comme pas un vous emmener pêcher le grand requin blanc au large des côtes de Dakar, sans quitter Paris...

Alors qu'il gravissait maintenant en pensées les escaliers menant à la coupole de l'Opéra et à ses trois tricoteuses, il fut tiré de sa rêverie par une scène qui l'intrigua. Deux hommes chapeautés, le bas du visage encore dissimulé par un foulard, venaient de rentrer dans le campement. Près d'un wagonnet où s'était couché un chien au pelage faisant songer à de la paille séchée, ils avaient déposé un grand coffre, une cantine qu'ils avaient remplie du produit de leur larcin. Rapidement, sans échanger une parole, négligeant les costumes qui s'y entassaient, ils s'étaient partagé le butin et étaient repartis aussitôt, laissant le couvercle ouvert. Alors, dans un ballet bien réglé par la force de l'habitude, les petits qui avaient menacé de lui lancer des pierres s'étaient décrochés des femmes contre lesquelles ils commençaient à s'endormir. Le pas mal assuré, se poussant mollement du coude pour être les premiers, ils s'étaient dirigés vers le coffre.

Très vite, ils se rendirent maîtres absolus du contenu de la mystérieuse cantine. En poussant des petits cris de joie qui forcirent au fur et à mesure de leurs découvertes, ils en sortirent des trésors qu'ils n'auraient abandonnés à autrui pour rien au monde. L'appartement qui avait été visité par les deux monte-en-l'air devait être habité par des artistes ou des demi-mondaines puisque, pêle-mêle, des vêtements et des accessoires qu'une honnête femme n'aurait jamais tolérés dans son intérieur apparurent sous la lune. Boas de plumes vaporeuses, éventails ornés de scènes érotiques persanes, bustiers ajourés, guêpières, bas de soie, culottes de dentelle rouge, ceintures bleu de paon, escarpins à talons vertigineux, voilettes en tout genre, mantilles d'un funèbre troublant, volants amidonnés, peignoirs de satin aux broderies japonisantes, négligés en fine cotonnade du Nil, manchons de fourrure grège, dominos flottants mauves ou jaunes, tout cela fut tiré de cette malle au trésor qui semblait ne pas posséder de fond. De même, les brosses et les peignes, le maquillage, les colliers et les bracelets de cuivre, les fume-cigarettes en ivoire, les cabochons de laiton ou les faces-à-main en fausse écaille trouvèrent preneurs.

Les fillettes, tout d'abord, se déguisèrent et se grimèrent en poules, en femmes de petite vertu, en catins improbables et d'un sérieux à toute épreuve, prenant des poses de princesses tout en se tartinant de rouge à lèvres et de fard à joues. Le maquillage coula, éclaboussa les frimousses, dégoulina des yeux et des bouches. Les plus petites se firent en pépiant porteuses de traînes pour reines de Saba d'un soir, prenant leur rôle très au sérieux, le menton haut et leurs bras potelés tendus bien droit devant elles, dans une ronde qui n'avait rien d'enfantin. Les garçons, eux aussi, firent flèche de tout bois avec ces attributs pourtant bien peu virils. Ceinture de tulle écarlate à la taille, un bas noué en bandeau autour du front, un trait de khôl sous le nez pour dessiner une moustache terrifiante, et ils se métamorphosèrent immédiatement en pirates, en renégats de la flibuste, en corsaires des sept mers, en fidèles compagnons défendant leur île de la Tortue dans les Caraïbes haïtiennes, attaquée par les traîtresses armadas représentant les couronnes de France, d'Espagne et d'Angleterre. Grâce au cinéma, dont les affiches ouvraient toutes grandes les portes aux rêves les plus fous, ils possédaient désormais un héros : Long John Silver. Leur mission ? Servir le boucanier, coûte que coûte, et lui permettre de gagner *L'Île au trésor*, comme dans le film de Maurice

Tourneur. Leur désir le plus secret? Séduire Shirley Mason et ses yeux de biche apeurée, puis la couvrir entièrement d'or, de rubis et de diamants. La rage au cœur, ils se défiaient l'un l'autre, faisaient claquer dans la nuit l'acier d'épées imaginaires, plongeaient dans des lagons infestés de pieuvres géantes et de requins pour échapper à la pendaison infamante qui concluait inévitablement les glorieuses existences de ces héros. Les voies et les traverses à l'abandon de la gare d'Austerlitz s'étaient évanouies, remplacées par des barrières de coraux multicolores. Les fumées des planches de bois humide s'étouffant sous les chaudrons sentaient fort l'odeur de la poudre que l'on tasse dans les canons jusqu'à la gueule, avant la bataille. Les lueurs des lanternes au bout des bras des cheminots, elles, étaient devenues sans l'ombre d'un doute des yeux jaunes de barracudas brillant à fleur d'écume, ou bien des lamparos utilisés par les sauvages du cru qui pêchaient à la lance de redoutables raies manta. Ou bien encore, tout simplement, le reflet des étoiles se réverbérant dans le miroir noir de l'océan infini.

« Tu es prêt, ma vieille? On peut y aller, maintenant. Je crois que j'ai trouvé ce qu'il nous fallait. »

Sans bouger d'un pouce, toujours fasciné par le sérieux imperturbable avec lequel ces enfants jouaient, le musicien ne tourna même pas la tête vers le poète. En guise de réponse, il se contenta de chuchoter :

« Vous les voyez? En ce moment, ils ne sont plus à Paris. Et ce qu'ils imaginent est bien plus réel que la réalité.

– Ce sont des gosses…

– Et celui-là, dans le coin? Il a trouvé une canne en osier et un petit bibi tout rond. Il ne vous fait pas penser à Monsieur Chaplin? »

Cendrars s'accroupit à côté de son compagnon. Après avoir observé longuement le gamin qui, pas plus haut que trois pommes, refaisait à la perfection la démarche saccadée de Charlot, il finit par admettre, du bout des lèvres :

« Il y a un peu de ça. Mais moi qui ai vécu un temps avec Charlie, je peux te...

– C'est vrai ? Vous avez habité avec le *Kid* ?

– C'est comme je te le dis. Si je me souviens bien, c'était il y a peut-être bien quinze ans. Je faisais le figurant au théâtre de la Monnaie, à Bruxelles. Ou bien vendeur de loukoums à la sauvette, pour l'Exposition universelle, je ne sais plus. Bref, j'ai fini par entrer dans une troupe de music-hall. J'ai d'abord été homme à tout faire puis, une chose en entraînant une autre, j'ai fini par les suivre à Londres pour une tournée tout ce qu'il y avait de formidable, tu peux me croire. Je m'étais lié avec le fildefériste, un type comme ça ! Et avec le montreur d'ours, aussi. Il venait de Transylvanie, c'était un taiseux taciturne, gras comme un moine, avec un cheveu sur la langue. Avec lui, je partageais mes carottes de tabac en échange de petites dames-jeannes d'un alcool qu'il faisait venir de sa famille, par malle-poste, de Satu Mare. Pas causant, mais un bon camarade.

– Vous plaisantez ? »

Une main sur le cœur, ne quittant toujours pas des yeux la pantomime improvisée du gamin qui n'en finissait plus de trébucher et de faire tourner sa canne d'osier à la façon des ailes d'un moulin, il protesta :

« Je ne mens jamais. J'étais à Londres avec une troupe de music-hall, je peux le jurer. Et le hasard a voulu que je partage ma chambre avec un petit clown minable qui n'avait, à l'époque, pas pour deux sous de talent.

– Chaplin ?

– Lui-même. Et tous les soirs, si je me souviens toujours bien, il lisait une page de Schopenhauer, parfois deux. Mais jamais plus. Après, il s'endormait en souriant. Les gens qui sourient en dormant me fascinent. Ils sont très rares et j'ai passé des nuits entières à le regarder sourire aux anges, dans notre petite chambre miteuse du quartier de Knightsbridge.

– Monsieur Charlie Chaplin ? Vous êtes vraiment sûr de vous ? »

Aussitôt, le poète haussa le ton :

« Tout comme je suis sûr d'être Blaise Cendrars. Parfaitement, ma vieille. Même que c'est moi qui, un jour, lui ai appris à jongler. Alors ? Où est-il le menteur qui a dit que je mentais ? Qu'on me le montre tout de suite !

– Mais je n'ai rien dit de tel, Monsieur Cendrars. Je vous jure que je vous crois sur parole ! »

Baissant alors la tête, gêné subitement de s'être montré trop brusque avec le musicien, le littérateur lui tapa sur l'épaule et reprit :

« Allez, mon vieux... Si tu veux qu'on réussisse notre coup, il faut lever le camp. J'ai trouvé exactement ce qu'il nous fallait, je t'ai dit. »

À regret, Satie abandonna le ballet des princesses et des pirates, les déambulations du petit gitan à canne d'osier et à bibi, et il se redressa. En s'étirant, il ne dit rien au poète de ses doutes quant à cette rencontre londonienne avec Charlie Chaplin, ni ne souffla mot sur le fait qu'il lui semblait bien que, déjà à cette époque, Charlot prenait son envol sur les écrans de cinéma des États-Unis d'Amérique. Il pouvait se tromper, après tout. L'exactitude des dates était rarement gravée dans le marbre et la mémoire passait sur elles comme le vent sur le sable. Le ventre légèrement douloureux, une affection qu'il mit aussitôt sur le compte d'un trop-plein de cette anisette de contrebande qu'il n'avait cessé de siroter, il finit par se retourner. Alors, le souffle lui manqua soudain. Sa bouche s'ouvrit sur le vide. Ses lorgnons chutèrent de son nez. Ses yeux s'arrondirent et une brusque frayeur lui glaça les sangs.

Lui faisant face, parfaitement calme et à son aise, le poète rigola doucement.

« Je t'avais bien dit que j'avais trouvé, non ? Qu'est-ce que tu en penses, mon colon ? On va faire un effet bœuf, avec ça… »

ZARAFA DE MONTPARNASSE

« Monsieur Cendrars, au risque de vous paraître rabat-joie, je dois vous dire que nous filons tout droit vers les ennuis. Et des ennuis sérieux, qui plus est.

– Pourquoi ça ?

– Avec notre équipage, nous ne ferons pas cent mètres de plus, c'est couru.

– On ne peut pas dire que ce soit l'enthousiasme qui t'étouffe. Mais bon, que faisons-nous de mal ? Nous nous promenons dans Paris en copains, voilà tout. Il n'y a pas de quoi fouetter un chat, c'est naturel.

– Il m'étonnerait fort que ces Messieurs de la maréchaussée partagent votre point de vue.

– Ces Messieurs de la maréchaussée, comme tu le dis, ils doivent dormir depuis longtemps, à l'heure qu'il est.

– Eux, peut-être. Mais je suis sûr qu'il y a des gens qui nous regardent à travers les fenêtres et qui ne vont pas se gêner pour faire fonctionner le téléphone.

– Je les emmerde… »

Avançant en direction du boulevard du Montparnasse, l'équipage accompagnant le poète et le musicien possédait quelque chose de surréaliste que n'aurait certainement pas renié la bande à Tzara. Au départ, pourtant, Le Grêlé s'était montré plus que réticent, refusant obstinément de prêter ses animaux pour assouvir une vengeance à laquelle il ne voulait rien comprendre. Il ne connaissait pas ce Cocteau-là et ses bêtes étaient son gagne-pain. De plus, le froid vif piquait et une bronchite était vite arrivée. Lorsque Cendrars avait sorti la liasse de billets généreusement abandonnée par Chagall, il avait brusquement changé d'avis. Il ne faisait après tout pas si froid que cela. Une petite promenade nocturne ne pourrait que faire du bien à ses protégés. Et le poète était l'ami de Sawo, son propre neveu. Le gitan avait donc encore clabaudé un peu, pour la forme, puis il avait fini par empocher une somme rondelette. Il autorisait cette virée nocturne à condition que le petit Diago les accompagne. Son fils connaissait la ménagerie et savait parler le langage des animaux. Avec lui, la promenade était assurée de ne connaître aucun accroc.

Caressant du plat de la main son ventre qui le lançait maintenant et lui semblait faire bouillir son alcool à l'intérieur de ses entrailles, le musicien s'inquiéta à nouveau, hochant la tête à plusieurs reprises.

« Tout de même, quelle idée… Mais quelle idée !

– Que veux-tu ? Il faut bien ça pour moucher le nez de Cocteau et ceux de sa bande de jeunes cons. Parce qu'ils sont nés sous la douche, ils croient avoir déjà tout vu et tout entendu. Ça ne leur fera pas de mal de se faire un peu remettre en place, crois-moi. Puis, quoi ? Elle n'est pas jolie, notre gigolette ? »

Erik Satie s'immobilisa soudain sur les pavés. Au comble de la stupéfaction, il s'exclama soudain :

« Une girafe ! Vraiment, vous y allez un peu fort, Monsieur Cendrars ! Et en plein Paris, en plus ! Une girafe…

– Je pouvais prendre aussi l'autruche. Mais ces bêtes-là sont plus vicieuses et méchantes que les hommes. Tandis qu'une girafe, ça a tout de même une autre gueule, non ? »

Devant eux, sous la lumière des lampadaires, le petit Diago marchait sans se hâter, tenant une longe passée au cou de l'animal d'une main et, de l'autre, se servant d'une badine de platane pour taquiner ses antérieurs lorsqu'elle faisait mine de vouloir s'arrêter. Un bout de cigare dans la bouche, son galure bien coincé sur l'oreille, il se sentait le roi de Paris, plus riche que tous les Rothschild de la Terre et plus orgueilleux encore que Cyrano de Bergerac dont il ignorait pourtant jusqu'à l'existence. La girafe, elle aussi, paraissait parfaitement à son affaire. D'ordinaire, elle voyageait dans un fourgon exigu prévu à cet effet, le cou tordu, les flancs rendus râpeux à force de frottements contre le bois de la voiture. Lorsqu'elle en descendait pour surprendre et quelquefois épouvanter les badauds des hameaux les plus reculés, ce n'était qu'à l'occasion de quelques tours qu'elle effectuait à pas lents sur la place du village. Là, en revanche, tout semblait lui appartenir en propre, les avenues, les immeubles, la Seine et jusqu'aux platanes dans lesquels elle croquait parfois quelques branchettes qu'elle mastiquait ensuite longuement.

De son côté, la poitrine et l'esprit encore échauffés par l'alcool d'Espagne, le poète souriait d'aise. Lorsque le musicien lui avait demandé par quel miracle une bande de gitans s'était rendue maîtresse d'une girafe africaine, il avait noyé le poisson. Tour à tour, il avait parlé de dette d'honneur, de partie de cartes ayant opposé Le Balafré au directeur alcoolique d'un cirque en pleine déliquescence, de zoo brusquement abandonné, d'un caprice d'aristocrate rapidement lassé par son acquisition.

En conclusion, il avait expliqué :

« Le Grêlé m'a juré que tous les papiers sanitaires étaient en règle. Je ne sais pas si c'est la vérité, mais cet animal me semble en parfaite santé et beaucoup plus heureux ici, avec nous, que derrière les grilles d'une cage. L'air sain de Paris, la nuit, ne peut lui être que bénéfique. Et cette girafe n'est pas une girafe commune, attention. Il paraît que c'est une descendante directe de Zarafa, tu imagines ça ? »

Tremblant à chaque instant de croiser une patrouille de police au premier coin de rue venu, Satie interrogea alors :

« Qui est ce Monsieur Zarafa ?

– Madame Zarafa, nuance. Encore une histoire qu'il me faudra écrire, un de ces jours. Qu'est-ce que tu veux que je te dise ? Le monde déborde de choses merveilleuses et je n'aurai jamais assez de toute une vie pour les cueillir toutes... »

Il indiqua d'un mouvement du menton le couple insolite qui déambulait devant eux. Avec la gourmandise du conteur né qui sait qu'il va surprendre et embobiner à loisir son auditoire, jouant avec maestria de toute sa persuasion, des silences et des infinies nuances qu'offre le ton d'une voix, il expliqua :

« Cet élégant mammifère ongulé et ruminant qui nous ouvre le chemin est l'un des multiples descendants d'un cadeau très officiel qui a été fait à Charles X par Méhémet-Ali, vice-roi d'Égypte, voilà un siècle.

– C'est Monsieur Le Grêlé qui vous a appris ça, je suppose ?

– Pas seulement, car je connaissais l'histoire par ailleurs. Quoi qu'il en soit, figure-toi que cette girafe a tout d'abord débarqué sur le port de Marseille après avoir essuyé des tempêtes terribles, en Méditerranée. Sous le soleil du Sud, elle a pris le temps de se refaire une santé avant d'être conduite, à pied, jusqu'à la ménagerie du Jardin des Plantes de Paris. Plus de huit cents kilomètres, qu'il pleuve, qu'il neige ou qu'il vente. À la tête de cette procession, que l'on n'avait jamais vue de mémoire d'homme en Europe, il y avait un homme, un original, un doux rêveur et pourtant un scientifique qui avait de la suite dans les idées : Monsieur Étienne Geoffroy Saint-Hilaire, le directeur du Jardin des Plantes. Qu'est-ce que tu dis de ça ? »

Soudain, le poète ralentit sa marche pour chuchoter à l'oreille du musicien :

« Une girafe venue d'Égypte, la première girafe à poser le sabot en France. Elle remonte à pas lents la vallée du Rhône, en compagnie d'un éminent scientifique. Lui, il tremble qu'il n'arrive malheur au cadeau de Sa Majesté Charles X, et ses connaissances en matière d'ongulés artiodactyles ne dépassent guère le savoir de l'*Histoire naturelle* de Buffon. Autant dire rien, ou pas grand-chose. À tout moment, l'animal peut se briser une patte, être attaqué par une meute de chiens ou être tiré par les paysans comme un vulgaire gibier. Mais ce n'est pas tout…

– Non ?

– Avec la girafe, il a fallu atteler trois vaches parmi les meilleures laitières afin de lui fournir tout le lait nécessaire à ce voyage. Et je ne te parle pas de l'escorte de gendarmes à cheval, en grande tenue d'apparat, ni des chariots à bagages qui défilaient derrière elle, à n'en plus finir. Partout où passe Zarafa, la foule est en liesse et accourt de toutes les campagnes pour faire honneur à la générosité de Méhémet-Ali. De chaque côté de la route, ce sont des haies d'honneur, de la musique, des orchestres de cuivres, des vivats ininterrompus et, tout ça, durant des semaines entières. Alors qu'elle n'est encore qu'à Valence, les chansonniers parisiens s'emparent du sujet, les gazettes ne parlent plus que de la girafe, les caricaturistes s'en donnent à cœur joie et même les perruquiers en font leur beurre. Zarafa est une étoile orientale dont la lumière baigne alors la France entière...

– C'est à croire que vous y étiez vous-même. Un tel luxe de détails... »

Reprenant le rythme normal de leur marche, le poète reconnut, avec un sourire de satisfaction :

« Elle m'inspire, cette girafe. Quoi qu'il en soit, ce que tu vois maintenant là, devant toi, c'est un noble animal. Dans ses veines coule le sang d'un cadeau égyptien fait à un roi de France. C'est l'Histoire personnifiée qui avance dans Paris...

– Zarafa a donc eu une progéniture ?

– Bien entendu. Sinon, comment pourrais-tu expliquer le miracle de la présence de notre girafe ? Elle n'est tout de même pas sortie de la cuisse de Jupiter !

– Certes... Mais alors, quel animal a fécondé Zarafa pour qu'elle puisse avoir une descendance, puisque vous m'affirmez qu'elle était la seule de son espèce à accomplir le voyage ? »

Cette fois, le poète s'arrêta brusquement de marcher. Il souffla de dépit et remua la tête à plusieurs reprises avant de lâcher, gravement :

« Tu ne sais décidément pas rêver, mon pauvre... »

Aussitôt, Satie se cabra, piqué au vif dans sa fierté :

« Monsieur Cendrars, comment osez-vous ? Je disais ça simplement pour parler, voyons ! Il y a sûrement une explication logique, quelque chose qui nous aura échappé. Ou alors, c'est Monsieur Le Grêlé qui vous aura menti.

– Ça ou autre chose, qu'est-ce que tu veux que ça me foute ? Que n'importe qui vienne me chercher des puces sur la descendance de notre girafe, je pourrais le comprendre. Mais toi ? Toi, un artiste ? Tu me déçois... »

Sur cette dernière phrase, le poète détourna la tête. Mal à l'aise, le musicien hésita un instant sur la conduite à tenir. Puis, il s'emporta soudain, comme frappé d'une illumination :

« Je vais vous prouver que je sais rêver moi aussi, Monsieur Cendrars ! Je vais même vous le prouver tout de suite ! »

Il posa ses poings sur ses hanches et cria, en direction de Diago :

« Petit ! Petit ! Arrête ta girafe et viens ici un peu me voir. Vite ! »

Sans se presser, l'enfant obéit à l'injonction et rejoignit les deux hommes. Alors, Satie lui demanda :

« Dis-moi ? Ta girafe serait-elle capable de prendre sur son dos un homme comme moi ? »

L'air narquois, Diago toisa le musicien de la tête aux pieds, tout en tirant une bouffée pensive sur son cigare. Enfin, il laissa tomber :

« Un comme toi, oui. On le fait quelquefois, avec Sawo. Il s'habille en Nègre d'Afrique, avec un os dans les cheveux et du cirage, et il fait le tour des places sur la girafe. Les gens donnent beaucoup quand ils le voient. C'est de l'argent facile.

– Bien. Alors, tu vas approcher ta girafe de cette boîte de bouquiniste, juste là. Moi, je vais monter sur le parapet, escalader la boîte et je me mettrai à cheval. Enfin, à girafe...

– Ça peut se faire. Mais ça te coûtera ton parapluie... »

Sans l'ombre d'une hésitation, le compositeur tendit son accessoire de gentleman britannique à Diago qui s'en saisit avec un sourire vainqueur. Dans le même mouvement, le musicien subtilisa sur le crâne du petit l'invraisemblable galure qui prit aussitôt la place de son chapeau melon. Puis, il escalada sans trop de mal le parapet et la boîte à livres. Lorsque Diago fit stationner l'animal à la place qu'il jugea la meilleure pour la réussite de l'opération, Satie rassembla tout son courage et prit une ample inspiration. Ignorant sa peur, il se cramponna au cou de la descendante de Zarafa, plaça ses jambes de part et d'autre de ses flancs maigres, menaça bien un peu de chuter, mais parvint finalement à trouver son équilibre.

Le couvre-chef à plume de faisan sur son crâne dégarni, il s'assura de la présence de ses lorgnons sur son nez et finit par lancer :

« Maintenant, nous sommes parés ! »

S'adressant cette fois au poète, qui n'en croyait pas ses yeux, il ajouta d'un air bravache :

« Je ne suis pas monté sur cette girafe par hasard, Monsieur Cendrars ! N'oubliez pas que je cherche toujours ma Biqui. D'ici, je peux embrasser tout Paris. Si elle passe dans les parages, nous ne pourrons pas la rater, faites-moi confiance ! Maintenant, en avant toute ! »

*

Lorsque le groom chargé de surveiller les entrées et sorties de la Closerie des Lilas vit se présenter devant lui une girafe montée par un étrange et toujours très digne ostrogoth, il n'en crut tout d'abord pas ses yeux. À plusieurs reprises, il se frotta les paupières, persuadé d'être la victime des hallucinations que déclenchent parfois les plus petites heures de la nuit. Lorsqu'il réalisa qu'il ne rêvait pas, il prit la décision qui lui semblait la plus adéquate en pareille situation, à savoir de s'engouffrer dans l'établissement pour en référer à son supérieur.

Pendant ce temps-là, le poète demanda au musicien :

« Alors, Hannibal ? Tu restes en altitude ou tu viens avec moi ? »

Immédiatement, Satie répliqua, sur un ton toujours pince-sans-rire :

« Hannibal conduisait des éléphants, je vous le rappelle. Mais peu importe, finalement. Pour répondre à votre question, je pense que je vais rester ici. Ce n'est pas tous les jours que l'on monte une girafe et je veux en profiter jusqu'au bout.

– Comme tu voudras. Et si ta Biqui est à l'intérieur ?

– Vous lui direz que je l'attends ici. Lorsqu'elle me verra en pareil équipage, nul doute qu'elle sera avantageusement surprise… »

Alors que Diago collait en curieux son nez aux vitres embuées de la Closerie des Lilas, Cendrars en franchit l'entrée d'un pas décidé. À l'intérieur, à la façon d'un grand feu qui finit de se consumer, le bal masqué avait vécu. Sur la scène, l'orchestre de jazz avait disparu et, à sa place, un gramophone dernier cri crachotait les mesures de *Empty Bed Blues*, interprété par Bessie Smith. Les serveurs, épuisés, s'adossaient maintenant aux piliers ou aux murs, les yeux las, la mèche tombant sur le front, ou faisaient glisser leurs pieds douloureux sur le sol de marbre bien plus qu'ils ne marchaient. Au-dessus des banquettes, les guirlandes de papier d'argent s'étaient décrochées par endroits et le grand lustre de cristal, au centre, ne semblait plus dispenser qu'une lumière vacillante, sans éclat, qui baignait la salle immense dans la nostalgie des fêtes qui agonisent. Aux tables, pour la plupart désertées, ne restaient plus que quelques incorrigibles buveurs qui finissaient de se saouler avec méthode, le regard absent, la main obstinément accrochée à une bouteille de champagne ou de whisky.

Dans l'indifférence générale, le poète se dirigea vers les survivants du groupe qui, en début de soirée, avait fait une entrée fracassante en entourant Cocteau. Épuisés par les effets conjugués de la danse et de l'alcool, ils ne bougeaient maintenant pour ainsi dire plus. Une Shéhérazade de bazar dormait, la tête posée sur la nappe, ses cheveux défaits s'enroulant autour d'un cendrier débordant de mégots de cigares et d'américaines. Près d'elle, un Fantômas transpirant, le loup noir collé sur le front, suivait lentement la musique en battant le rythme de sa main boudinée. Sur la banquette de cuir sang de bœuf leur faisant face, cinq femmes s'assoupissaient en poupées de chiffon jetées en tas et le poète put reconnaître à leurs attributs respectifs éparpillés autour d'elles une bergère, un angelot, une princesse japonaise, une danseuse de *tamure* à la peau d'une blancheur repoussante. Quant à la cinquième, il ne parvint pas à l'identifier avec certitude, hésitant entre une reine de Saba, une squaw du Midwest et une chanteuse de yodel allemand, tant le désordre de sa tenue laissait place au doute et aux supputations les plus fantaisistes.

À côté de Fantômas, un petit homme d'une trentaine d'années tirait de courtes bouffées nerveuses sur une pipe d'un autre âge. Le poète, immédiatement, le détesta. Il faisait partie de ces énergumènes tout en nerfs et en os qui ne s'endorment jamais et qui, comme les lémuriens, restent constamment sur le qui-vive, l'œil furetant, aux aguets. Dès que Cendrars s'approcha de lui, celui-ci lui adressa un regard plein de morgue. Le poète le considéra à son tour avec froideur mais, comme il semblait être à cette table la seule personne encore en état de lui répondre, il lui lança sur un ton bourru :

« Bonsoir. Vous pouvez me dire où est Cocteau ?

– Le Maître ? Mais il y a beau temps qu'il est parti, mon pauvre. Le Maître avait mieux à faire qu'à perdre son précieux temps dans cette guinguette. Qu'est-ce que vous lui vouliez ?

– C'est personnel. Vous pouvez me dire où je peux le trouver ?

– C'est pour quoi ?

– Je vous ai dit que c'était personnel.

– Le Maître n'a aucun secret pour moi et je ne vous connais pas. Alors, passez votre… »

Au milieu de sa propre phrase, le lémurien s'interrompit subitement. Avec un sourire chafouin, il se mit soudain à bourrer de petits coups de coude frénétiques la princesse japonaise qui se soudait à lui afin de la réveiller. Dans le même temps, il s'exclama :

« Mais si ! Je vous remets ! Vous êtes Blaise quelque chose, c'est bien ça ?

– Où est Cocteau ? »

Prenant maintenant à témoin la geisha, dont le maquillage outrancier collait entre elles les paupières, le petit homme se rengorgea :

« Vous êtes bien le Blaise quelque chose ! Le Maître nous a parlé de vous, ce soir. De vous et de votre ami. Comment s'appelle-t-il, déjà ? Oui ! Satie ! Satie, la triste figure d'Arcueil ! Qu'est-ce que le Maître a pu nous faire rire, avec ça ! Vous ne l'avez pas avec vous ? Quel dommage ! Il est paraît-il impayable, ce nain de la musique qui se prend pour un géant ! C'est à se tordre !

– Qu'est-ce que tu as dit ? »

Une main posée sur la poitrine, le noceur se récria :

« Qui vous a permis de me tutoyer, Monsieur ? De plus, je vous rappelle que le Maître nous a affirmé que ce Satie n'était pas une personne fréquentable, vous l'ignoriez ? C'est un Français tout ce qu'il peut y avoir de plus douteux. Ils sont d'ailleurs tous deux fâchés à mort, alors que le Maître a eu l'infinie générosité de lui dédier son *Coq et l'Arlequin*, un véritable évangile à sa gloire. De la confiture pour les pourceaux, oui ! »

Comme la princesse japonaise se réveillait maintenant tout à fait et ouvrait des yeux fripés afin de tenter de ne rien rater de la dispute qui couvait, le petit homme infatué crut bon d'ajouter :

« Franchement ! A-t-on seulement idée de déplaire au Maître, alors que celui-ci, d'un seul mot, peut vous assurer la gloire pour toute l'éternité ? C'est d'un bête ! Satie ? Qu'il retourne dans sa banlieue rouge, dans sa banlieue de communistes miséreux ! Et qu'il ne vienne plus tenter de se mêler aux vrais artistes tels que Bizet ou Debussy, avec sa musique qui n'en est pas ! C'est un nain ! C'est ce qu'a dit le Maître, de ses propres lèvres : c'est un nain ! Et vous pourrez le lui dire de ma part !

– Je crois que tu es capable de faire tes commissions toi-même… »

Alors, Cendrars saisit l'homme par le col et, au milieu des protestations outrées de la geisha qui eurent pour effet de réveiller la tablée entière, il le traîna derrière lui, petit colis gigotant qui se mit à implorer à l'aide, les talons glissant sur une mer de serpentins et de confettis souillés. Dans le pavillon du gramophone, les premières notes jazzées de *Baby won't you please come home* se mirent à retentir. Sous les yeux des serveurs fatigués et peu enclins à intervenir, le poète poursuivit son chemin pendant que son fardeau s'égosillait :

« Lâchez-moi ! Vous me faites mal ! Patron ? Où est le patron ? Appelez la police immédiatement ! Au secours ! Cet homme est un sauvage ! »

Une fois franchie la porte de verre et de cuivre, Cendrars reçut le souffle glacial de la nuit comme un soufflet en pleine face. Il s'ébroua et, sans effort apparent, il souleva le noceur de quelques centimètres au-dessus du sol et le tourna violemment vers la rue. Dans les yeux du fiérot, il vit alors avec une netteté troublante Satie qui, du haut de sa girafe, écrasait de son regard le petit homme qui tremblait de tous ses membres. Raide dans son costume d'inspecteur d'académie, le musicien ne prononça pas un mot. Posément, il se contenta de réajuster ses lorgnons avec un mépris indicible.

Cendrars retourna alors le colis vers lui et, pris d'une sainte colère, il le secoua comme un prunier, tout en grondant :

« Eh bien ! Qu'est-ce que tu voulais lui dire, au grand Satie ? Tu l'as devant toi, maintenant. C'est le moment de parler. Vas-y ! Parle ! Mais parle donc ! T'oses plus le traiter de nain, c'est ça ? Macaque ! Pauvre paillasse ! Je sais pas ce qui me retient de te...

– Monsieur ! Je vous en prie ! J'ai des appuis, vous savez ? Je ne me laisserai pas faire ! Ça peut aller très loin, cette histoire ! »

Le poète lui asséna alors une gifle tonitruante qui fit sursauter jusqu'à la girafe. Puis, il le secoua à nouveau et hurla :

« Qu'est-ce que tu veux que ça me foute, tes appuis ? Maintenant, tu vas t'excuser devant Satie, devant le grand Erik Satie !

– Mais ce n'est pas moi ! C'est Cocteau ! C'est le Maître ! C'est Monsieur Cocteau qui m'a dit que...

– Cocteau ? Cocteau ? Mais t'as que ce mot-là à la bouche, c'est pas croyable ! Cocteau ! Cocteau ! Cocteau ! Cocu, oui !

– Monsieur ! Je ne vous permets pas ! »

Cette fois, le poète explosa. Tournant à nouveau le triste noceur en direction de Satie, de Diago qui s'était rapproché en rigolant et de la girafe, il éructa :

« Asticot ! Cloporte ! Sale type ! Cocu tu es, cocu tu resteras ! T'es cocu pour la vie, tu le sais, ça ? Et jusque-là, encore !

– Mais…

– Alors ? Satie n'est qu'un nain et moi, j'ai jamais voyagé ? Je suis qu'un menteur ? C'est ça ? C'est ça que vous racontez entre vous ?

– Mais je…

– Allez, tais-toi donc… Ferme-la, je te dis, ou je te fous dans la Seine ! Mais qu'est-ce que tu connais de la vie, toi ? Est-ce qu'elle a seulement daigné te toucher, la vie ? Mais non ! Elle aurait eu trop peur de se salir ! Tu me dégoûtes, tiens. Je te vomis… T'es bien comme tous ceux de ta race. Y a personne pour t'aimer. Avec ton smoking et tes pompes en croco, tu fais peut-être des envieux. Mais y a personne pour t'aimer. Personne ! Cocu… »

Maintenant en larmes, l'homme parvint pourtant encore à bredouiller :

« Je vous en prie… Lâchez-moi…

– Et n'oublie pas de dire à Cocteau que je l'emmerde. Mais que cette nuit, j'ai plus voyagé qu'il ne le fera jamais de toute sa vie. Et ce n'est pas fini. Ça, non ! »

*

L'altercation devant la Closerie des Lilas s'était achevée dans la plus grande des confusions. Pendant que Cendrars abandonnait sa victime sur le sol, le maître de salle avait prévenu en toute hâte la police qui, aussitôt, était arrivée sur les lieux. À l'extérieur, les serveurs s'étaient massés sur le trottoir, rapidement rejoints par les cinq femmes assoupies que les vociférations du poète avaient réveillées. Sans faire ni une ni deux, elles s'étaient mêlées à la scène, perdant toute dignité, jurant comme des charretières, s'en prenant aux garçons qui ne bronchaient toujours pas, leur balançant quelques bourrades, une ou deux gifles, laissant apercevoir ici et là une cuisse blanche gainée d'un bas noir, un sein libre de toute attache. Complètement dépassés, les policiers s'étaient mis à courir de droite et de gauche, hésitant à se servir de leur bâton blanc pour calmer les esprits d'un si beau linge. Sortis de nulle part, des badauds ensommeillés étaient apparus à leur tour, ravis et irrités tout à la fois par un tel raffut, prenant parti pour le manchot ou sa victime, s'extasiant sur la présence de la girafe dont Satie était parvenu à descendre, ne manquant rien des impudeurs féminines, encourageant ou raillant les hommes en uniforme, lançant des quolibets aux fenêtres qui maintenant s'allumaient sur un voisinage excédé, en venant finalement eux aussi aux mains pour être de la fête, aux anges de pouvoir constater que, dans un établissement du calibre de la Closerie des Lilas, la boîte à gifles pouvait elle aussi s'ouvrir. Des claques partirent, des coups de poing furent échangés, on se traita de tous les noms d'oiseaux, on s'arracha des touffes de cheveux et quelques oreilles se décollèrent. On se cracha aussi volontiers à la gueule et, pendant que la descendante de Zarafa, lassée par un tel vacarme, s'éloignait nonchalamment sur le boulevard du Montparnasse et que Diago, en douce, faisait les poches aux membres du public, le musicien et le poète prirent la poudre d'escampette et disparurent par l'avenue de l'Observatoire.

Après avoir marché d'un pas soutenu durant un bon quart d'heure, afin de mettre entre eux et les coups de sifflets désespérés de la police débordée une distance respectable, ils franchirent le boulevard Saint-Germain. Par la rue de l'Éperon et la rue

Séguier, ils finirent par atteindre le quai des Grands Augustins. Là, le souffle court, ils tirèrent sur leur droite et ne s'accordèrent une pause qu'une fois rendus sur le pont Saint-Michel. Dans le silence retrouvé, Cendrars alluma deux Crapulos et en tendit un à Satie. Sans échanger une seule parole, ils fumèrent le tabac âcre, se contentant de voir rouler sous leurs pieds le flot puissant de la Seine, une huile noire et limoneuse dans laquelle la lune se reflétait.

En faisant tomber sa première cendre dans le courant, le musicien demanda, tout à trac :

« Monsieur Cendrars, est-il donc vrai que vous n'avez jamais voyagé ? »

Comme la réponse ne venait pas, il reprit :

« N'allez surtout pas croire que j'accorde du crédit à ce que racontent Cocteau et ses oiseaux de malheur. Mais, tout de même, est-ce que vous avez autant voyagé que cela ? »

Sans le regarder, les yeux flottant toujours à la surface du fleuve, le poète grommela :

« Qu'est-ce que tu débloques, ma vieille ?

– Le Brésil, par exemple ? Y êtes-vous vraiment allé ?

– Qu'est-ce que ça peut te foutre ?

– Je ne sais pas…

– Et moi ? Je te demande si elle existe vraiment, ta Biqui ? Et pourtant, je la cherche avec toi, non ? Alors ? »

Dans le lointain, une corne de brume retentit, grave et rassurante à la fois, comme pour prouver aux deux hommes que l'humanité entière n'était pas complètement endormie. Toujours sans se tourner vers son compagnon, Cendrars finit par acquiescer :

« J'y suis bien parti, au Brésil. Tu peux être tranquille là-dessus. D'ailleurs, je vais même y retourner, tu peux me croire.

– Pourquoi ? C'était si bien que ça ?

– Tu ne peux pas imaginer. Ce n'est pas le paradis, bien sûr, mais c'est différent d'ici. C'est autre chose, quoi. Sur le *Formose*, quand on est entrés dans la baie de Guanabara, j'étais heureux comme un roi, riche comme un milliardaire, libre comme un homme. Et figure-toi que, en arrivant au port, la douane a refusé de me laisser entrer. J'étais invité par les poètes modernistes, par la presse, par l'académie et tout le tremblement et, pourtant, ils m'ont empêché d'entrer. Ils étaient même à deux doigts de me faire embarquer sur le bateau du retour, comme un immigrant clandestin.

– Pourquoi donc ? »

Le poète cracha dans l'eau et expliqua :

« Le Brésil accueille le monde entier parce qu'il est gigantesque, parce qu'il fait peut-être quinze ou vingt fois la France. Il a besoin de bras pour se construire, tu comprends ? Et des bras, je n'en ai qu'un. Il a fallu que ce soit Paulo Prado, le roi du café en personne, un mécène comme on n'en fait plus, qui intervienne. Ça a duré deux bonnes heures, ce carnaval. Graça Aranha, Prudente de Morais, Sergio Buarque de Hollanda et même Ronald de Carvalho, ils étaient tous fous de rage. Mais quand j'ai descendu la passerelle et que j'ai posé le pied sur le sol du Brésil, ça a été une chose absolument incroyable. J'ai eu la certitude – et pas le sentiment, entendons-nous bien –, j'ai eu la certitude que je n'allais pas découvrir le pays de l'or, des diamants et des singes verts, mais bien que j'allais redécouvrir quelque chose que je connaissais déjà. Je rentrais chez moi, si tu préfères. La métempsychose, sans aucun doute. Ou le soleil qui tapait trop fort. Ou la contrariété d'avoir été *persona non grata*. Ou même, le cognac que j'avais descendu avec les soutiers, devant les gueules charbonneuses des machines qui brûlaient comme mille feux du Bengale. Va-t-en savoir, toi. Mais c'est vrai que tu ne peux pas comprendre. Toi, tu n'as pas voyagé… »

Touché dans sa fierté, Satie rétorqua :

« Qu'en savez-vous ? Je ne suis pas natif d'Arcueil. Je suis de Honfleur, si vous voulez tout savoir. Et j'ai roulé ma bosse, moi aussi.

– Où ça ?

– Enfin… J'ai failli voyager, ce qui est déjà quelque chose. Picasso, Massine, Diaghilev et Cocteau m'avaient invité à venir les rejoindre à Rome, à l'époque de *Parade*, mon ballet.

– Ton grand ami Cocteau ? »

Ignorant la pique, le musicien poursuivit :

« En Italie, tout était prêt pour me recevoir, moi aussi. Il n'y avait peut-être tout de même pas l'académie ni la presse mais, enfin, il y avait certainement des mélomanes qui connaissaient ma musique. J'avais même touché une somme assez rondelette pour pouvoir me payer le billet et tous les faux-frais qu'impliquent fatalement ces grands voyages. Si ma mémoire ne me joue pas des tours, j'avais trois mille francs tout rond, autant dire bien plus encore que le trésor des chevaliers cathares. Bref, j'étais sur le point de fendre les grands espaces et de plonger corps et âme dans Rome, la *città eterna*…

– Et alors ?

– Alors, j'ai utilisé cet argent pour m'acheter des malles, des valises, des sacs. J'en ai rempli mon appartement de la rue Cauchy. »

Après un temps d'hésitation, il finit par avouer, sur un ton piteux et désolé :

« Comprenez bien que je ne voulais pas rater mon entrée et il me fallait absolument tous les accessoires nécessaires à un grand voyageur. Ce n'est qu'après que je me suis rendu compte que je n'avais plus la somme nécessaire pour régler mon billet. Tout était parti dans l'achat de mes bagages. Il faut dire que je n'ai jamais été un excellent comptable… »

Avec un sourire, le poète expulsa la fumée de son cigare vers la lune. Puis, il compatit :

« Tu en auras d'autres, des voyages. Et je te parie même qu'on en fera un ou deux ensemble, qu'est-ce que tu dis de ça ?

– Comme vous le voyez, je ne suis pas très doué pour l'aventure. Je crois d'ailleurs que je ne suis pas doué pour grand-chose. À part la musique, peut-être…

– Tu te trompes. Je crois même que tu es certainement le plus grand voyageur que je connaisse…

– Ce n'est pas très charitable de vous moquer de moi.

– Mais je suis très sérieux, parole ! »

Plantant à nouveau le nez au ciel, le poète plissa ses paupières jusqu'à les faire ressembler à deux soufflets de forge. Puis, il expliqua :

« Attends… Tu fais Paris-Arcueil aller-retour tous les jours depuis combien de temps ?

– Depuis 1897, très exactement. Pourquoi ?

– Ça fait donc à peu près vingt-huit ans. Vingt-huit que multiplient trois cent soixante-cinq jours que multiplient vingt kilomètres. Et ça fait… Ça fait plus de deux cent mille bornes, mon cochon ! Encore quelques années à ce régime et tu pourras dire que tu es allé sur la lune ! Et à pied, encore ! Ce n'est pas du voyage, ça ? »

Le visage du musicien s'illumina soudain d'une mimique enfantine. Il expulsa à son tour une nuée de fumée vers les étoiles et s'exclama :

« Comme Cyrano de Bergerac, vous voulez dire ?

– Comme lui ou comme ce bon Méliès, tu choisis. Tu es un grand voyageur, mon pote. Un sacré grand voyageur, même. Et dire que tu ne le savais pas. La vie, tout de même… »

Cendrars prit Satie par le bras et, tous deux parfaitement ragaillardis par cette bonne nouvelle, ils se mirent en route vers la rue de Savoie. Au numéro quatre, pour une poignée de cerises, le poète louait une resserre où il trouvait refuge lorsque ses nuits de bamboche l'empêchaient de rejoindre sa petite maison du Tremblay-sur-Mauldre. Resserre, repaire, tanière, grotte, ce placard envahi par les livres et la poussière lui tenait lieu de pied-à-terre, mais aussi de maison d'édition puisque c'était là qu'il avait fondé Les Hommes Nouveaux et mûrissait en solitaire nombre de ses projets et de ses impossibles rêves.

Dans l'obscurité, ils se laissèrent guider par le chemin de lumière que composaient les lampadaires allumés à intervalles réguliers. Cendrars, durant le trajet, se montra intarissable sur son voyage au Brésil :

« Il faut absolument que je t'emmène là-bas. C'est un pays de musique, de vraie musique populaire, de musique vivante. D'ailleurs, Darius Milhaud y est allé, il y a quelque temps. Et ce sagouin-là ne s'est pas gêné pour piquer des mélodies à mon copain Pixinguinha pour faire son *Bœuf sur le toit* et ses *Saudades do Brazil*.

– C'est vrai ?

– Je le tiens de la bouche de ce grand gaillard de Pixinguinha lui-même. Il m'a aussi demandé de bien saluer de sa part Milhaud et de lui suggérer de lui envoyer une carte postale de la tour Eiffel, en m'expliquant qu'il lui devait bien ça. Là-bas, on ne se fait pas encore des procès pour une samba ou une *maxixe*. Qu'on lui vole un peu de sa musique, je crois que ça l'a fait marrer. Ça l'a peut-être aussi un peu flatté, va t'en savoir ?

Mais je t'emmènerai à Rio de Janeiro et tu comprendras des choses, tu verras. C'est un pays incroyable, je te dis. Bien sûr, le Brésil c'est moins glorieux que ce que tu as fait toi car, moi, je ne suis pas encore allé sur la lune. Mais c'est un pays peu commun. En quelques mois, mes amis modernistes m'ont trimballé de partout. J'ai donné des conférences devant des gens très sérieux et j'ai même gagné de l'argent avec ma poésie. Moi ! Et ce n'est pas tout ! J'ai fait des milliers de kilomètres dans une torpédo dernier modèle, sur des pistes de poussière rouge et verte qui s'allongent devant toi à l'infini et qui relient comme qui rigole et d'une seule traite les Amériques du Sud et du Nord. J'ai vu Rio de Janeiro, mais aussi Saint-Paul, le Ribeirao Preto, la forêt vierge, la *mata atlantica* qui est une jungle tropicale et dans laquelle tu peux te perdre si, par malheur, tu quittes la route. J'ai mangé dans des campements de paysans de la viande de tatou. Ça ressemble un peu à du renne, je suis sûr que tu adorerais. Et tiens-toi bien, j'ai même trouvé les fonds pour écrire et réaliser un grand film à la gloire du Brésil. Tu peux rire, canaille ! C'est la vérité nue et crue que je te sers ! Le président de la République Artur Bernardes, que j'ai bien entendu rencontré en personne, m'a donné carte blanche pour ce projet magnifique. Si ça n'a pas marché, ce n'est pas de ma faute. Figure-toi que le 5 juillet de l'année dernière, alors que tout était prêt pour le tournage, un général nommé Isidoro Dias Lopes a fait son coup d'État. Parfaitement, Monsieur ! Il a bombardé Saint-Paul et j'ai dû foutre le camp dans la fazenda de Paulo Prado et de sa délicieuse épouse, à Santa Veridiana, en attendant que ça se tasse. Pour la poudre et le canon, j'avais déjà donné de ma personne et j'ai préféré jouer le planqué. Ça n'est pas très glorieux, je te l'accorde, mais ça m'a au moins permis d'écrire un peu. Quoi qu'il en soit, c'est comme ça que le projet est tombé à l'eau. Incroyable, pas vrai ? Cette histoire aussi, tu peux en être sûr, je vais l'écrire. Peut-être pas un roman, parce que les coups d'État sous les tropiques, ça arrive fréquemment. Mais une nouvelle, ça oui... Et je ne t'ai pas encore dit que le gouvernement brésilien m'a offert des centaines – qu'est-ce que je dis, des centaines ? –, des milliers d'hectares de terre arable ! Là-bas, il y en a tellement qu'ils ne savent plus quoi en foutre. Alors, ils m'en ont offert un bout à moi, poète, un bout de leur Brésil. Peut-être que je vais m'y établir pour faire la culture du café et en profiter pour devenir milliardaire, je ne sais pas encore... Et ma visite de la prison de Rio de Janeiro ? Rien à voir avec la Santé, là encore tu peux me croire sur parole. Il faut absolument que je te raconte ma rencontre avec Febronio, l'assassin le plus incroyable et le plus mystique que la Terre ait jamais porté. Un Nègre terrible, mais aussi d'une gentillesse et d'une douceur que tu ne peux pas t'imaginer. Figure-toi que... »

4, RUE DE SAVOIE – NEW YC

La bouche et les oreilles encore pleines de Brésil, d'allig
d'ocelots, de fruits étranges nommés *maracuja* ou *cup*
l'esprit peuplé des silhouettes de l'Aleijadinho, le petit est
mineiro, et de ses statues qui à Congonhas do Campo fig
les douze stations du Christ, émerveillés par Manaus, la
bâtie dans une cathédrale de jungle où le miracle écono
du caoutchouc avait permis la construction d'une réplique
de l'Opéra Garnier, où flottaient encore les fantômes de
Bernhardt et du grand Caruso, où les Rolls-Royce se dépla
sur une avenue unique et rectiligne, bouchée à chaque ext
par le fouillis inextricable de l'Amazonie inexplorée, e
tés par la rencontre fortuite avec l'astronome amateu
Bueno de Miranda qui affirmait avoir découvert dans le
d'étoiles une tour Eiffel sidérale, tout frémissants des f
du carnaval de Rio de Janeiro, des *malandros* et des c
vénéneux et sucrés des Brésiliennes des favelas, s'esclaff
fastes insensés du Copacabana Palace ou de l'hôtel d
do Paisandu où le poète avait séjourné tous frais payés
chouchouté, fêté, accueilli et servi avec autant d'empre

que Mistinguett qui avait eu l'honneur d'inaugurer le premier, tout en étant priée de dissimuler ses jambes qui étaient les plus belles du monde, le souffle coupé par les rangées de caféiers qui étendaient leur couverture unicolore sur les mornes de la fazenda de Paulo Prado, se tapant dans le dos en évoquant la mine ahurie de Raymone lorsque son amant de voyageur lui avait offert à son retour une multitude d'oiseaux nommés septicolores, ainsi qu'une colonie de vingt-trois singes hurleurs dont un ouistiti, le plus rabougri, avait aussitôt été baptisé du prénom de Cocteau, ayant une pensée émue pour le tamanoir que la douane française avait refusé de laisser entrer dans Paris, les crânes bourdonnant de cette musique nouvelle qui envoyait au rayon des vieilleries la *maxixe* et qui faisait se lever tout un peuple se reconnaissant enfin dans la samba, sa création populaire, son fruit né de l'Afrique, de l'envahisseur portugais et des Indiens Tupis-Guaranis qui ne demandaient rien à personne, cette samba qui déferlerait bientôt sur le monde entier, les deux hommes atteignirent ainsi la petite rue de Savoie, une venelle bordée d'immeubles bâtis de lourdes pierres de taille, aux façades crevées d'immenses portes cochères.

Sous un réverbère faiblard, une fille de joie espérait le chaland. Enveloppée de multiples écharpes, foulards et cache-cols réussissant cependant le miracle de laisser s'épanouir la masse ferme et souple de ses seins dans la froidure de la nuit finissante, elle respirait la mélancolie. La robe s'arrêtait au-dessus du genou et la taille descendait le plus bas possible. Coiffée d'un chapeau à ailettes fantaisie parme, juchée sur des talons aiguilles, la cuisse polissonne flattée par des bas à coutures noires, elle fumait avec de faux airs de duchesse blasée une cigarette dont les volutes s'échappaient aussitôt pour aller se brûler à la lumière du lampadaire.

Lorsqu'il la devina plus qu'il ne la vit, Satie fut subitement frappé d'immobilité. Dans ses yeux de myope, le Brésil disparut. Pris de frissons, il s'éloigna à pas hésitants de Cendrars qui, emporté par son récit sud-américain, ne s'aperçut même pas de son absence et commença à farfouiller la serrure de sa clé en pestant contre l'obscurité. Dans un état second, le musicien trottina vers la femme, trébucha sur un pavé déchaussé, se maintint à l'équilibre par miracle. Parvenu à sa hauteur, il ôta son couvre-chef et la fit se retourner vers lui en lui tapotant sur l'épaule. Dès qu'elle lui fit face, il blêmit et se courba en deux. Comme elle lui souriait, il chancela, sembla suffoquer. Soudain, les deux mains pressées sur son ventre, il se mit à vomir à longs jets, éclaboussant les escarpins de la gagneuse.

Aussitôt, celle-ci effectua un petit saut sur le côté et gueula d'une voix stridente et d'un vulgaire achevé :

« Mais qui c'est qui m'a foutu un connard pareil ? T'as toute la rue, pour ça ! Pourquoi tu viens dégobiller sur mes tatanes ? Il est pas possible, celui-là ! »

Immédiatement, le poète se précipita sur le musicien qui commençait maintenant à flageoler dangereusement sur ses jambes et le saisit par la taille. Pendant que celui-ci, blanc comme un linge, essuyait sa bouche d'un revers de manche désolé, la grue reprit, avec un accent parigot à couper au couteau :

« Il est louf ton copain, ou quoi ? Je suis pas une poubelle à dégueulis, moi ! Je suis une honnête femme !

– Tu vois pas qu'il est malade ?

– Et alors ? C'est pas une raison pour se soulager n'importe où ! Merde, quoi ! J'ai une réputation à tenir dans le quartier, moi ! Je suis connue ! Et c'est qui qui va me nettoyer mes grolles, maintenant ? C'est toi, peut-être ?

– Ta gueule… »

Dans le mouvement, le pardessus de Cendrars s'ouvrit et la crosse du Browning se dessina dans la pénombre. Dès qu'elle le vit, la femme ravala une nouvelle bordée d'insultes et se contenta de maugréer :

« Si on peut même pas causer, alors... Dites ? Votre zigoto, il faut pas qu'il boive s'il supporte pas. Il m'a plutôt l'air bâti pour sucer des glaçons, cet animal-là. Puis l'alcool, c'est comme les histoires d'amour, ça réussit pas à tout le monde. »

Le cœur au bord des lèvres, le musicien se retint au bras du poète et parvint à balbutier avec maladresse :

« Pardonnez-moi, Mademoiselle... J'ai cru que... J'ai cru...

– T'as cru quoi, mon gros loup ? C'est pas comme ça qu'il faut s'y prendre avec les dames, tu sais ? Si tu veux, je t'apprends.

– Non, merci. Vous n'êtes pas... Vous n'êtes pas... »

Les poings sur les hanches, la tapineuse s'indigna illico :

« Je suis pas quoi ? T'accouches, oui ? Je suis pas à ton goût, c'est ça ? Rassure-toi, t'es pas ma came non plus. Sauf que moi, je suis pas assez pleine aux as pour choisir le client. Figure-toi que j'ai des comptes à rendre à mon Julot, moi. Soit tu montes avec moi, soit tu dégages. Ici, tu fais désordre et tu gênes le petit commerce. »

Dans la lumière de plus en plus faiblarde du réverbère, la fille alluma une autre cigarette. La lueur du briquet fit alors sortir des ténèbres un visage maquillé à outrance. Descendant jusque sur ses épaules, entortillée en boucles grasses, une chevelure acajou aux reflets cuivrés jurait avec sa peau blanche. Alors qu'elle recrachait la fumée de son américaine avec un sourire canaille, le lampadaire s'éteignit tout à fait.

Rendue à la nuit, elle soupira :

« Encore ce foutu gaz... Comment vous voulez travailler honnêtement quand tout part en sucette ? Vacherie de rue... »

Sourd aux jérémiades de la fille de joie, Cendrars s'éloigna, soutenant de son mieux Satie qui semblait se remettre peu à peu de sa mésaventure. En les regardant rejoindre le trottoir lui faisant face, la gagneuse soupira de soulagement avant de se pencher sur le trottoir. Allumant une nouvelle fois son briquet, elle l'approcha de ses chaussures pour mesurer l'ampleur des dégâts et finit par souffler, stupéfaite :

« Merde, alors… C'est du sang ! »

*

Faisant une halte sur chaque palier afin de reprendre leur souffle, le poète et le musicien prirent tout leur temps pour atteindre le sixième et dernier étage de l'immeuble. Avec des attentions touchantes, Cendrars éclaira leur montée en utilisant les dernières suédoises qu'il lui restait. Devant la porte de l'antre où il se terrait depuis des années, il fit jouer la clé dans la serrure puis, toujours précautionneux à l'extrême, fit asseoir Satie sur le grabat qui occupait une bonne moitié de la pièce unique.

Avec la dernière flamme de la dernière allumette, il mit une bougie à brûler, tout en grommelant :

« Est-ce qu'on a seulement idée de se foutre dans des états pareils… Ta Biqui, je veux bien croire qu'elle a la cuisse légère. Mais de là à chasser le demi-sel, rue de Savoie, t'exagères. Ça, oui. T'exagères, ma vieille… »

De son matelas, Satie s'excusa :

« Je vous donne bien des tracas, Monsieur Blaise. J'en suis désolé. Normalement, je digère très bien l'alcool.

– J'ai vu ça.

– Ce doit être cette liqueur d'anisette espagnole. Elle n'était pas franche du collier, n'est-ce pas ? Elle avait comme un goût.

– Je te confirme qu'elle avait comme un goût et qu'il n'y avait pas que de l'anis, là-dedans. Remarque bien qu'il y en avait aussi. Mais pas que… »

Avec des gestes brusques d'ours mal léché, le poète farfouilla dans une petite commode de noyer située sous l'unique fenêtre. Dans le tintement de fioles qui s'entrechoquaient, il continua à pester en sourdine :

« Qu'est-ce que je vais te donner pour te faire passer ton dégoût ? Si encore il me restait de l'huile de Harlem. Mais non. Rien… Saleté ! Regarde-moi ça. Mais quel foutoir, cette piaule, quand même… »

Pendant que les recherches se poursuivaient, le musicien s'habitua peu à peu à la pénombre qui baignait la pièce. Partout, depuis l'entrée jusque sous les plafonds mansardés, des livres et des plaquettes s'empilaient dans un équilibre précaire, apparemment sans aucune classification. Où qu'il posât les yeux, il ne voyait que cela, tout un fouillis de grands classiques, de romans-feuilletons, de catalogues et de revues, dont une imposante collection des *Armes et cycles de Saint-Étienne*. Il nota aussi des montagnes de lettres, de papiers administratifs, de notes manuscrites, de croquis froissés, de manuscrits biffés et annotés, de bristols, le tout recouvert d'une couche de poussière d'une épaisseur remarquable se rassemblant par endroits en moutons dessinant des excroissances légères et prêtes à s'envoler au moindre souffle. Sur un bureau tout aussi encombré, une Remington portative sommeillait, gardée par des bouteilles de vin, des tasses à café ébréchées, deux assiettes sales et un quignon que l'on devinait dur comme de la pierre. Voyant que son invité lorgnait depuis sa couche sur la machine à écrire, le poète tira sèchement du rouleau la feuille qui y était engagée. Sans même y jeter un coup d'œil, il la froissa en boule et la balança dans une poubelle bourrée jusqu'à la gueule.

Pour expliquer son geste, il ronchonna :

« Je ne parle jamais de littérature et je ne la montre jamais tant qu'elle n'est pas finie, si tu veux tout savoir.

– C'est vous qui, maintenant, avez des pudeurs de jeune fille ?

– Non. Mais quand on va au restaurant, on ne va pas visiter les cuisines ni farfouiller dans les ordures. Il n'y a que les pervers qui font ça. »

Désignant d'un mouvement de menton la Remington, il grogna encore :

« Ce qui se passe entre elle et moi, c'est du domaine du privé. Quant à parler de littérature, ça n'a aucun intérêt. On en fait ou on n'en fait pas. Avec mon pote t'Serstevens, qui est soit dit en passant l'un des plus grands écrivains que je connaisse, ça fait douze ans qu'on se voit presque tous les jours et on n'a encore jamais parlé littérature.

– De quoi parlez-vous, alors ? »

Le poète examina à la lumière de la bougie le contenu d'une fiole. Finalement déçu, il la reposa aussitôt et répondit :

« Mais comme avec toi, ma vieille. De tout et de rien. De la vie qui passe, des femmes, de l'amour, des voitures, du cinéma, de ce qu'on va bouffer ou pas à midi. La vie, quoi ! Et, surtout, on parle des voyages. De ceux qu'on a faits, de ceux qu'on va faire. Et des meilleurs d'entre tous, ceux qu'on rêve de faire et qu'on ne fera peut-être jamais.

– Donc, pas question de littérature ?

– Jamais. Ça gâcherait le plaisir de la discussion. De toute façon, je ne connais rien de plus barbant que les littérateurs qui parlent de leurs bouquins. Ils se croient toujours obligés d'expliquer pourquoi et comment ils ont écrit telle ou telle chose, et pas telle autre. Mais quand le lecteur ouvre un bouquin, il n'a pas de notice d'explication, que je sache. Le livre marche tout seul ou bien il ne marche pas.

– C'est aussi mon avis, sur les musiciens s'entend. Comme je le dis toujours : plus on est de musiciens, plus on devient fou. D'ailleurs, je les appelle, moi, des *tutututeurs* et des *tatatateurs*. En plus, je ne les reçois jamais chez moi. Pas plus eux que les autres, de toute façon. Pour dire vrai, la solitude est le seul luxe que je peux m'offrir. Aussi, vous vous doutez bien que je ne m'en prive pas.

– Tu reçois des copains, quand même ? »

Le compositeur, frissonnant à nouveau, déclara, péremptoire et sévère :

« Cela fait vingt-sept ans que j'habite Arcueil. Et cela fait vingt-sept ans que personne n'a mis les pieds chez moi.

– Tu blagues ?

– Pas le moins du monde.

– Mais tu es pire que Diogène !

– Si vous voulez. Mais n'allez pas vous imaginer qu'en dehors de chez moi, je suis un solitaire. Je suis un homme tenu en haute estime, à Arcueil. J'ai aidé à la fondation du patronage laïc pour les enfants, si vous voulez le savoir. Sur mon temps libre, je donne des cours de solfège, je tiens le piano pour les cours de danse, j'emmène les petits au parc une fois par semaine et j'apprends même l'art du chœur à certaines familles. Avec des résultats toutefois assez médiocres, je dois le reconnaître.

– Ça fait du dérangement, mais il faut bien vivre. »

Se raidissant sur le lit, le musicien se récria :

« Vous croyez que je me fais payer pour ça ? Mais vous déraisonnez !

– Quoi ? Il n'y aurait pas de honte et il faut bien gagner sa vie en attendant la gloire, non ? Tu es quand même le Maître Satie et tu pourrais te faire pas mal d'argent en donnant des cours aux mouflets de la bonne bourgeoisie, non ?

– Je suis compositeur, pas répétiteur. Puis Arcueil, ce n'est pas Paris. C'est loin d'être le repaire de la bonne bourgeoisie, comme vous dites. Quand j'habitais Montmartre, j'étais pauvre, mais c'était une pauvreté de théâtre. En plus, j'étais jeune et mon estomac se suffisait du tout-venant, sans jamais me reprocher quoi que ce soit. De toute façon, on finissait toujours par trouver de quoi manger et, surtout, de quoi boire. Tandis que là-bas…

– C'est si terrible que ça ?

– Encore plus.

– Alors, non seulement tu ne te fais pas payer pour tes cours mais, en plus, je suis sûr que tu y es de ta poche quand tu emmènes les mômes loin de la zone. Je me trompe ? Toi, tu es bien du genre à te priver de croûter pour ne pas manquer à ta parole, même avec des gamins qui doivent être mauvais comme des teignes. »

Le musicien grimaça en s'asseyant de manière plus correcte sur le grabat qui s'affaissait en son milieu et coupa court :

« Ils ne sont pas plus terribles qu'ailleurs, détrompez-vous. Puis, c'est comme pour la littérature. Je ne parle jamais de ce genre de choses. J'aurais trop peur de les salir.

– Ça se respecte. Mais dis-moi, c'est vrai ce que racontait l'autre vilain, à la Closerie ? Tu es vraiment communiste ?

– Qu'est-ce que ça peut vous faire ?

– Moi ? Rien. C'était pour parler, c'est tout… »

À la faveur de la bougie, Satie s'aperçut que sa chemise était mouchetée de gouttelettes de sang dessinant des croix rouges sur le blanc du tissu. Il la masqua aussitôt avec un pan de sa redingote et accepta la cigarette de gris allumée que Cendrars lui tendait.

Communiste ? Si c'était être du côté du plus faible, de celui qui a faim et soif, de celui qui pointe au chômage et qui sait que, le soir même, la symphonie lugubre des ventres vides va faire pleurer ses enfants jusqu'à les saouler de désespoir, alors oui. Il était communiste. Et fier de l'être. Dès 1903, il avait adhéré au Comité radical socialiste d'Arcueil et avait même tenu la rubrique « Associations » dans le journal du parti, *L'Avenir d'Arcueil-Cachan*. En 1909, il avait été l'un des premiers artistes français, sinon le premier en France, à adhérer à l'Internationale communiste. C'était d'ailleurs sa voix qui avait fait basculer la cellule de la ville dans le communisme, à la création de la Troisième Internationale. Il s'était même présenté, sous cette étiquette, aux élections municipales.

De là à affirmer qu'il était communiste, il y avait un pas à franchir car le musicien n'avait jamais su faire preuve de l'instinct grégaire nécessaire à tout engagement politique. Le Comité radical qui se réunissait Chez Douau, Chez Herse ou Chez Geng, des cafés faisant aussi restaurant à Arcueil, il l'appelait non sans ironie le comité du zinc. Quant aux réunions de cellule, il y assistait avec régularité, toujours silencieux, toujours souriant et assis dans le fond, ne prenant jamais la parole, préférant écouter plutôt que parler. Lorsqu'un camarade lui avait proposé de lui prêter *Le Capital* de Marx, il avait poliment refusé, arguant simplement du fait qu'il n'aimait pas les emmerdeurs. Marx était un emmerdeur, les curés étaient des « Vobiscons » qui débitaient des « Vobisconneries », et les militaires étaient des « Officenseurs ». Qu'on l'entretienne de l'humanité, il devenait aussitôt le plus heureux des hommes.

Mais que l'on vienne lui prêcher la bonne parole de ceux qui se mêlaient de vouloir gouverner le monde, et il devenait aussitôt enragé.

*

Posté devant la fenêtre s'ouvrant sur les toits de Paris, Cendrars embrassait en silence la nuit qui pâlissait. Derrière lui, couché en chien de fusil, Satie s'était assoupi. Le poète roula de sa main unique une énième sèche et, à la flamme de la bougie, l'incendia dans des crépitements discrets de brins de tabac se tordant dans la braise.

Brusquement, il se retrouva à New York, treize ans plus tôt.

À cette époque, il habitait dans la 96e rue avec Féla, la mère de ses trois enfants. Féla Poznanska, sa petite Polonaise, sa femme de tête et de devoir. Féla, la seule qui avait réussi à lui faire oublier Helena, son amour de Saint-Pétersbourg, le premier. Elle était morte à l'âge de vingt ans, brûlée par une nuit russe et frileuse à cause d'une lampe à huile qui s'était bêtement renversée durant son sommeil et qui avait mis le feu à tout l'immeuble. À ce moment-là, il se trouvait en Suisse et lui écrivait tous les jours des lettres que l'on n'écrit qu'à vingt ans, lorsque l'on croit que l'amour sera toujours propre et éternel.

Ce n'est qu'après le drame qu'il avait rencontré Féla, à Berne. Elle suivait des cours de philosophie, il étudiait à la faculté les méandres douloureux des maladies mentales. Lorsqu'il l'avait vue, il s'était à nouveau pris de passion. Il l'avait saoulée de déclarations d'amour, s'était jeté à ses pieds pour ne plus être seul, parce qu'elle était ce qu'elle était, et il s'était dit prêt à la suivre jusqu'au bout du monde. Tout, tout pour oublier la Suisse, Saint-Pétersbourg, Berne, la faculté, l'écriture qu'il sentait bouillir au fond de lui sans jamais parvenir à pondre autre chose que des œufs blancs et vides, des œufs mort-nés. Et il l'avait en effet accompagnée au bout du monde. En Europe, l'argent manquait cruellement aux deux amants, Féla avait donc rejoint sa sœur à New York et avait trouvé une place d'institutrice. Il l'avait suivie en grimpant à bord d'un rafiot de troisième zone, parqué sans gloire parmi d'autres émigrants rêvant comme lui de bâtir autre chose, ailleurs. Il avait fait toute la traversée sur le pont, empli d'espoir, frémissant de fièvre, la tête bourdonnante de projets de réussite. Pourtant, une fois aux USA, il s'était très vite aperçu que la dèche ne connaissait pas de frontières. Elle lui collait aux basques et ne voulait plus le lâcher.

Dans son dos, la voix du musicien monta doucement :

« Vous regrettez New York ? »

Sous l'effet de la surprise, le poète sursauta et la cendre de son mégot se détacha pour s'écraser sur le sol de poussières. Embarrassé, il répondit :

« Pourquoi tu me parles de New York ? Tu as entendu ce que je pensais ?

– Peut-être. Il paraît que certaines aubes permettent ce genre de miracles.

– Ben toi, alors... »

Pour se donner une contenance, le poète s'étira et se dirigea vers l'évier à la recherche d'une casserole d'eau à faire bouillir sur le réchaud à alcool. Tournant le dos à Satie, il poursuivit avec amertume :

« New York ? Si tu savais seulement ce que j'ai pu crever la dalle, là-bas ! Le miracle américain, le rêve américain ? Mon cul, oui...

– Vous étiez marié avec la petite fille aux grands yeux verts, voilà tout.

– Qu'est-ce que tu débloques, encore ?

– La petite fille aux grands yeux verts, c'est comme ça que je nomme ce que vous appelez, vous, la dèche. Je la connais bien, vous savez ? »

Très vite, l'odeur de l'alcool à brûler se répandit dans la pièce. Le poète, grattant dans le fond d'un sac de papier quelques restes de café, finit par acquiescer :

« La petite fille aux grands yeux verts… Je l'ai connue plus souvent qu'à mon tour, tu peux me croire. À New York, j'ai fait mille métiers, mon pauvre. J'ai été tailleur de costumes alors que je ne savais pas me servir d'une paire de ciseaux. Puis, j'ai travaillé comme équarrisseur aux abattoirs juifs, j'ai joué du piano dans un cinéma du Bowery. Je crois que j'ai tout fait, dans ma chienne de vie. Mais ça n'a jamais duré. J'ai été vendeur de miel, cultivateur de poires, scaphandrier sur un chantier à Grand-Morin, mécanicien d'aviation, éditeur, journaliste, scénariste et dialoguiste, bien sûr. Mais aussi cueilleur de cerises à Couilly, fabricant de sels pour soigner les ulcères. Sur l'affiche pour l'emprunt de guerre, c'est moi, le poilu avec le bras en vadrouille. Et c'est moi aussi qui fais l'acteur dans *J'accuse* de Gance, ce bon Abel qui m'avait trempé dans du sang de cheval de la tête aux pieds, pour faire plus vrai !

– Moi, je n'ai jamais été que pianiste et compositeur.

– C'est parce que tu es un homme sage, l'ami. Tu as un cap et tu le suis, coûte que coûte. Tu ne te poses pas trop de questions. Tandis que moi…

– Détrompez-vous. Je n'ai jamais fait que de la musique et je ne tire de mon obstination aucune fierté particulière. Si je suis ainsi, c'est tout simplement parce que je ne sais rien faire d'autre. »

Après avoir mis le café à passer dans un linge, Cendrars retourna vers la fenêtre. Maintenant, les premières fumeroles se faisaient visibles aux bouches des cheminées. Comme des langues de serpents, elles sortaient en hésitant dans la froidure d'un ciel sans nuage et s'amusaient à composer des arabesques complexes, toutes uniques, toutes différentes.

Semblant s'adresser à lui-même, le poète s'entendit murmurer :

« Moi, c'est à New York que j'ai compris pour quoi j'étais fait. Et j'avais déjà vingt-cinq ans. Je rêvais d'écrire, comme une grisette rêve d'un bouquet de violettes ou d'un prince charmant. Ce n'était pas vital. Pas encore. Féla faisait ce qu'elle pouvait pour faire bouillir la marmite et, moi, je passais mes journées à la grande bibliothèque. Parce qu'il y avait des livres et, surtout, parce que c'était chauffé. Un soir, je suis entré dans une église. C'était la First Presbyterian Church, je m'en souviens parfaitement. On n'oublie pas des nuits comme celle que je vais te raconter. On y donnait *La Création* de Haydn et je ne voulais pas retourner chez Féla. Je me suis assis sur une stalle et j'ai écouté l'oratorio. Je me souviens que ça m'a ému, mais je suis bien incapable de te dire si c'était dû à la musique, au froid, à la faim ou à la solitude.

– Pourquoi me racontez-vous ça ?

– Minute, j'y arrive... »

Cendrars prit le temps de verser un café clairet dans deux verres, abandonna très rapidement l'idée de pouvoir mettre la main sur une boîte de sucre et tendit son jus fumant au musicien. Puis, il reprit :

« Quand le pasteur a arrêté le concert et qu'il a commencé à marcher dans l'église en tendant sa sébile, je suis parti en courant. Tu imagines bien que je n'avais même pas un *cent* à glisser dans son aumônière. Un peu comme pour toi et la voiture avec chauffeur de la Polignac, quoi. Une fois dehors, j'ai marché encore pendant des heures. J'avais vraiment une sale gueule, avec des cheveux longs et bouclés, mais sales et pourris de vermine. Je devais avoir un regard de dément puisque, sur mon passage, j'ai vu des gens se signer. C'est comme je te le dis.

– Et ensuite ? »

Le conteur prit le temps de brûler ses lèvres au contact du breuvage insipide. Pour donner plus de poids aux phrases qu'il allait prononcer, il se retourna vers le lit, plissa ses lourdes paupières et poursuivit d'une voix monocorde, rendue plus râpeuse encore qu'à l'ordinaire par trop de tabac et d'alcool :

« Quand je suis finalement rentré chez Féla, elle dormait ou elle était restée chez la harpie qui l'employait, je ne sais plus. Sans savoir ce que je faisais, j'ai bouffé une croûte de pain qui m'a semblé être du gâteau et j'ai bu un plein verre d'eau. Il m'a saoulé comme si ça avait été du vin de xérès. Alors, j'ai écrit. Et quand je dis que j'ai écrit, c'est que j'ai vraiment écrit. Jusqu'à en avoir les yeux qui brûlent, les phalanges de la main qui souffrent et qui te lancent dans l'épaule, la tête qui tourne. C'était comme si un coup de pioche avait libéré une source enfouie là, depuis toujours. Après, je me suis endormi comme une brute et je me suis réveillé en sursaut, avec tous ces mots qui giclaient encore entre mes doigts. Alors, j'y suis retourné et j'ai écrit, encore et encore. Le chat avait commencé d'être étranglé, je devais le finir. C'était lui ou moi. Et plus j'écrivais, plus j'avais l'impression de n'être qu'un porte-plume, que je n'avais qu'une importance extrêmement relative, que ce n'était pas moi qui écrivais, que c'était l'Autre.

– L'Autre ? Qui est l'Autre ?

– Ça, c'est la grande question, ma vieille. Tout ce que je peux te dire, avec le temps, c'est que je suis incapable aujourd'hui d'écrire trois lignes qui valent quelque chose quand c'est ma tête qui se mêle de vouloir commander à mes doigts. C'est propre, c'est clair, bien léché. C'est digne d'être publié. Mais ce n'est pas de la littérature. C'est de la réflexion écrite. C'est de la leçon bien apprise, de la technique, du écrit à la manière de. De la culture aussi. Ça n'a pas de tripes, pas de jus. Pas d'âme, quoi. Cette nuit-là, j'ai bien compris que je ne trempais pas ma plume dans un encrier, mais dans la vie immédiate. Et encore, je n'écris pas à la plume...

– Mais qui est cet Autre, Cendrars ? Dieu ? »

Sur son visage mal rasé et parcheminé de rides d'expressions, le poète fit naître la plus belle grimace d'ignorance dont il était capable, puis il s'amusa :

« Dieu ? J'espère quand même qu'il a d'autres choses à faire, le grand barbu. Dieu, non. Son fils, peut-être...

– Vous avez raison. Je finis d'ailleurs par croire que ce vieil homme est encore plus bête qu'il n'est puissant.

– Si tu le dis, c'est que tu dois avoir tes raisons... Quoi qu'il en soit, je me suis endormi ce soir-là en Amérique, sans doute à peu près à la même heure qu'aujourd'hui. Quand je me suis réveillé, j'avais écrit *Les Pâques à New York*. Je n'étais plus Frédéric Sauser, Freddy, Fritz, Freddy Sausey, Jack Lee ni même Diogène, un autre de mes noms de plume d'avant cette nuit-là. J'étais devenu Cendrars. Blaise Cendrars. Le premier de mon nom, puisque je l'avais inventé de toutes pièces. J'étais devenu un pêcheur d'étoiles. Tout comme toi, mon vieux. Quand on y réfléchit, on n'est ni plus ni moins que ça. Des Terriens qui embarquent sur une felouque pour partir à la pêche aux étoiles.

– Et après ?

– Après ? Ben, j'ai foutu le camp et je suis rentré en France, la belle affaire ! L'Amérique m'avait donné ce qu'elle avait gardé pour moi. Et j'en avais soupé, de ta petite fille aux grands yeux verts, tu peux me croire ! »

Après s'être réinstallé sur le lit, le musicien observa le poète durant de longues secondes, la tête penchée sur le côté. Enfin, il souffla, plein de malice :

« Dites-moi, Monsieur Cendrars ? Rassurez-moi, nous ne venons pas de parler de littérature, n'est-ce pas ?

– Quand ça ?

– Là, à l'instant.

– Non. On a parlé de miracle. De miracle et de New York, ça n'a rien à voir. »

Aussitôt, il opéra un demi-tour en bougonnant et observa un moineau qui venait de se poser devant la fenêtre fermée. Celui-ci se mit à sautiller sur les parements de plomb qui retenaient les ardoises du toit. Tournant sa tête à droite et à gauche très rapidement, comme rongé par l'anxiété, plongeant son bec dans son plumage maigre et gris, l'œil rond, le dessus du crâne en toupet par une fantaisie de la nature, il fascina le poète durant un long moment et lui fit chuchoter enfin :

« Viens par ici, ma vieille. On dirait toi, ce piaf. Il est tordant, je te jure ! »

Comme il n'obtenait pas de réponse, il répéta :

« Viens voir, je te dis. Vite ! Il a des yeux ronds comme les tiens, il ne lui manque que les bésicles. Il est pas croyable ! Mais viens… Viens, ou il va s'envoler et on va le perdre pour de bon ! »

Alors, Cendrars sentit soudain son ventre se glacer, sans raison apparente. Abandonnant les sautillements du moineau, il se retourna avec appréhension, le souffle court. Sur le lit,

Satie s'était affalé sur lui-même, les paupières closes. Son veston s'était ouvert et, sur le plastron de sa chemise, une tache de sang luisait maintenant dans la lumière de l'aube. De ses lèvres entrouvertes, un filament glaireux d'un rouge tirant sur le noir glissait jusque dans sa barbiche d'instituteur. Balançant son mégot sur le sol, le poète se précipita en tremblant sur le musicien et le prit contre lui, ne sachant plus que faire, comme aspiré une nouvelle fois par les tranchées de la guerre où la boue se mêlait au sang.

Satie murmura avec douleur :

« Je vous donne encore bien du souci, Monsieur Cendrars. Excusez-moi.

– Tais-toi donc, ma vieille. Ce n'est rien, tu vas voir.

– Aller mourir chez les autres, c'est vraiment sans gêne, vous ne trouvez pas ?

– Mais tu vas pas mourir, dis pas de conneries. »

Lui tapotant les joues devenues blêmes, il ajouta, en mentant de son mieux :

« Tu vas déjà mieux. Les couleurs te reviennent, tu vois ? C'est rien, ma vieille. Mon frangin, mon poteau… »

À TOUTE VAPEUR !

« À l'hôpital ! Vite !

– Vite, vite… Vous n'avez que ce mot-là à la bouche vous, les clients. Je finis ma nuit et je suis claqué, moi. N'oubliez pas que je vous ai pris en charge comme qui dirait par bonté d'âme. Alors, ayez un peu de pitié…

– Démarrez ! Merde, à la fin ! C'est urgent !

– Il n'y a rien d'urgent, dans la vie. Tenez… Avez-vous seulement déjà pensé qu'il suffit de rester une minute de plus ou de moins à la terrasse d'un café – et ce n'est qu'un exemple, attention ! – pour que toute votre vie soit changée ?

– Mais vous déconnez, ou quoi ? Démarrez !

– Qu'est-ce que je dis, une minute ? Dix secondes, oui ! Et même cinq, c'est suffisant. C'est largement suffisant pour échapper à une tuile qui tombe, ou se la prendre sur le cassis et tomber raide mort. Ou bien pour rencontrer la femme de sa vie. Ou pour dégoter le billet gagnant de la Loterie nationale. Cinq secondes, tout de même. Ce n'est pas rien, n'est-ce pas ? Ça donne le tournis, quand on y pense…

– Tu vas démarrer ton tacot tout de suite ou je te fais exploser la cafetière ! Je suis plus clair, comme ça ? »

Dans le taxi à l'arrêt, Cendrars avait tiré son Browning de sa ceinture et l'avait plaqué sans ménagement contre la tempe du conducteur. Celui-ci, la bedaine en avant, emmitouflé dans une épaisse veste de laine noire maculée de cendres de cigarettes, les yeux battus de fatigue après une nuit de maraude, ne réagit pas. Se retournant finalement avec mollesse vers ses clients, il les toisa d'un regard torve.

Dans ses bacchantes tombantes, il marmonna :

« Rangez votre artillerie, mon vieux. J'ai fait la guerre, moi. Et j'ai pris assez de bombes et de *shrapnels* sur la gueule pour ne pas jouer des castagnettes devant votre pétard. J'ai fait la guerre, je vous dis. J'ai fait Verdun. »

Aussitôt, le poète agita son moignon et fulmina :

« Et moi ? Où tu crois que j'ai perdu le bout qui manque ? Aux montagnes russes du Luna Park ? Démarre, je te dis !

– Ça va, quoi... Qu'est-ce qu'il a, votre ami ? Il n'a pas l'air bien brillant.

– Avance ! De toute façon, tu comprendrais pas.

– Il a essayé de se suicider ? Ça se fait beaucoup, en ce moment. Il n'a pourtant pas l'air de mourir de faim. Il n'a pas non plus l'âge pour une histoire d'amour qui tourne mal. Quoi que, pour ça, il n'y a pas d'âge. »

Enfin, il enclencha une première poussive et appuya sur l'accélérateur. Pendant que la Renault 20 HP avalait ses premiers mètres, il interrogea :

« À quel hôpital voulez-vous que je vous jette ? Ce n'est pas ce qui manque, à Paris. Vous avez une préférence ?

– Je m'en fous. Roule ! C'est tout ce qu'on te demande !

– Ça va, on y va... Au fait, essayez de ne pas trop me saloper la banquette. Le sang, il n'y a rien de plus difficile à ravoir. »

Dans le taxi qui cahotait maintenant sur les pavés du boulevard Saint-Germain, Cendrars serra contre lui le corps de Satie. En ahanant, le cœur battant la chamade, il l'avait descendu sur ses épaules dans les escaliers de l'immeuble de la rue de Savoie, butant parfois sur des détritus qui jonchaient les escaliers. Sans un regard pour la concierge qui, lorsqu'elle l'avait découvert dans un tel équipage, s'était mise à se signer de façon frénétique, une tartine beurrée à la main, il avait franchi la porte cochère et hélé le taxi qui passait devant eux. Puis, avec un luxe infini de précautions, il avait chargé le musicien dont le corps ne réagissait plus que par à-coups.

Maintenant, le sang avait cessé de couler de sa bouche et les couleurs, cette fois, lui revenaient réellement aux joues. Après avoir cligné des yeux à plusieurs reprises, à la façon d'un poisson que l'on tire subitement hors de l'eau et que l'on jette sur une berge sèche, Satie murmura :

« Quelle nuit… Mon Dieu de mon Dieu ! Quelle nuit, tout de même…

– T'en fais pas, ma vieille. À l'hôpital, on va bien s'occuper de toi, tu verras. Reste tranquille, maintenant.

– L'hôpital ? Mais quel hôpital ? Je ne veux pas aller à l'hôpital, moi. On sait quand on y rentre et l'on ne sait jamais si on va en ressortir, du moins sur ses deux pieds. Il n'y a rien de plus malsain qu'un hôpital, Monsieur Cendrars. D'ailleurs, on n'y trouve que des gens malades. C'est bien un signe. »

Dans un effort démesuré, le musicien se redressa de son mieux et tapa de la main sur l'épaule du chauffeur, tout en grimaçant.

« Monsieur, n'écoutez pas mon ami. Nous n'allons pas à l'hôpital. Pas à l'hôpital, non.

– Et où voulez-vous que je vous jette, alors ?

– Je ne sais pas, moi… Emmenez-nous au bout du monde. Jusqu'au Brésil, tenez ! »

Sur la chaussée, le taxi fit une embardée, immédiatement rattrapée par le chauffeur. Écarquillant des yeux comme des soucoupes, partagé entre le rire et l'incrédulité, il s'exclama :

« Au Brésil ? C'est la meilleure, celle-là ! Le Brésil ! Chez les Indiens et les mangeurs d'hommes ? Moi qui n'ai jamais quitté Paname !

– C'est bien ça. Mon ami parle couramment leur langue. Avec lui, nous ne risquons rien. Et j'ai très envie d'écouter cette musique dont il m'a parlé, la samba de ce Monsieur Pixinguinha. Cela m'a l'air tout à fait passionnant.

– Fermez-la un peu, tous les deux ! »

La voix de Cendrars venait de claquer dans l'habitacle et le taxi fit un nouvel écart, accrochant un trottoir. Le poète inspira profondément et tenta de ramener le musicien à la raison :

« Allez, ma vieille. J'ai déjà craché du sang, moi aussi, et je n'en suis pas mort. C'était une mauvaise pleurésie, avant 1914. Un saut à l'hôpital et c'était réglé.

– J'en suis bien heureux pour vous, mais je n'ai pas de pleurésie. Je respire comme un bébé, regardez. D'ailleurs, si vous aviez la gentillesse de bien vouloir m'allumer l'une de vos cigarettes de gris, je la fumerais volontiers. Je suis même prêt à parier avec vous que cela finirait de me remettre tout à fait sur pied. »

En s'exécutant, Cendrars le prévint :

« Une sèche, surtout une sèche de gris, c'est vrai que cela ne peut pas te faire de mal. Mais on va quand même à l'hôpital.

– Non.

– On va quand même à l'hôpital et puis c'est tout. Juste pour savoir ce que tu as et on repart. Ça marche comme ça ? »

Sur la banquette arrière, le musicien se débattit faiblement et protesta une nouvelle fois, adressant au poète une moue suppliante :

« Pas l'hôpital, Cendrars. Tout, mais pas ça. Allons plutôt boire un cognac, ça vous va ? Un cognac ou une fine à l'eau. Ou bien, allons chez vos amis gitans, pour voir si la petite fille de Madame Zarafa est bien rentrée. Puis, il faut bien que je prenne des nouvelles de mon parapluie, n'est-ce pas ? Il doit s'ennuyer de moi. Nous ne nous sommes jamais séparés. Allons donc chez vos amis les gitans, c'est une riche idée. Tout, tout ce que vous voudrez. Tout, mais pas l'hôpital. Pas ça…

– Mais c'est pas vrai. T'as vraiment juré de m'emmerder jusqu'au bout, toi… »

D'une main, le musicien s'accrocha au moignon du poète et se releva suffisamment pour pouvoir regarder par la fenêtre. Dehors, les premiers charretons des vendeurs de fruits et légumes bouchonnaient déjà et, sur les trottoirs, les vendeurs s'engueulaient sans colère véritable, pour se faire la voix. Des gamins bouffés d'acné et des anciens combattants aux gueules marquées vendaient à la sauvette *Paris-Midi*, *L'Éclair* et *L'Insurgé*. Des petites mains et des secrétaires fraîchement maquillées, encore tièdes d'une nuit d'amour, filaient sur leurs talons, insensibles aux sifflets de groupes de maçons se rendant au chantier, la gamelle en bandoulière bien calée sur le ventre et la casquette à visière penchée sur l'oreille. Çà et là, des écoliers aux blouses déchirées et maculées de taches d'encre et de traces de craie jouaient à saute-ruisseau ou se couraient après pour se tirer des niches. Entrant ou sortant des boucheries et des triperies, des garçons-livreurs gominés, rêvant de participer au Tour de France aux côtés d'Arsène Alancourt ou d'Ottavio Bottecchia, les forçats de la route, transportaient à même leurs épaules des quartiers de porcs et de bœufs rose et rouge, veinés de blanc, encore luisants de sang sous le soleil.

À nouveau, la voix fluette du compositeur se fit entendre :

« Regardez, Cendrars. Regardez donc autour de nous. Est-ce que c'est un jour à aller à l'hôpital ? Le soleil est revenu. Normalement, je hais le soleil. Le soleil a l'air d'un insecte, avec son œil de veau. Mais aujourd'hui, il est beau, n'est-ce pas ? J'ai bien fait de donner mon parapluie au petit Diago, finalement. Je n'en aurai plus besoin. Puisque le soleil est là, je n'ai plus besoin de me protéger. Mais lui, il est jeune…

– Ne parle pas, je t'ai dit. Tu te fatigues pour rien.

– Mais je ne suis pas fatigué. Je suis juste seul, Cendrars. Je suis tout seul, comme un orphelin. Ou comme un vers solitaire, oui. Je n'ai aucun ami pour me tenir société. Il y a bien la Société Générale, remarquez. Mais je ne la connais pas personnellement. Je vous dis que je suis seul, Cendrars.

– Mais non, mon vieux. Tu n'es pas seul puisque je suis là ! »

Les larmes aux yeux, le musicien continua à s'épancher, en équilibre entre le délire et l'abattement le plus noir :

« Tout vient de la musique. J'emmerde la musique et j'emmerde l'art. C'est un métier de con. Moi, je travaille dans mon coin, comme le font les animaux timides. Mais je suis un musicien de l'inutile. D'ailleurs, je n'ai jamais eu de succès. Il y a toujours eu un Ravel ou un Debussy pour m'empêcher de réussir. Les hommes sont méchants, Cendrars. Les femmes, encore plus. Mais elles ne le savent pas toujours. Je vais mourir pauvre et ce sera bien fait pour moi. Si j'avais été riche, j'aurais toujours eu peur de perdre ma fortune, inquiet comme je le suis. Je n'aurais donc pas vécu… Et si nous allions manger une bouillabaisse ? Ou une côtelette de mouton ? Ou une choucroute, à la brasserie-tabac du Châtelet ?

– Mais oui, on va y aller... »

Flottant sur l'eau douce de ses bouffées délirantes, il poursuivit :

« Debussy était un chic type. Toutes les semaines, il me payait une côtelette de mouton. Mais c'était aussi un salaud. Il se réservait le vin cacheté et il me laissait boire le tout-venant. Pareil pour la musique. C'était moi qui tirais les marrons du feu et c'était lui qui les vendait au public et qui récupérait l'argent et les honneurs. Mon Debussy, mon vieux salaud... Au fait, Cendrars ? Pourquoi dit-on que l'argent n'a pas d'odeur ? Lui qui peut tout avoir ? Puis, tenez : j'ai un cadeau pour vous... »

Ce disant, il farfouilla en grimaçant dans la poche intérieure de sa redingote et finit par en tirer un marteau aux dimensions impressionnantes. Le manche poisseux de sang, il le tendit en tremblant au poète et expliqua :

« Je le garde toujours sur moi, Cendrars. On ne sait jamais. Mais comme vous avez décidé de m'emmener mourir à l'hôpital, je n'en aurai plus besoin.

– Qu'est-ce que tu fous avec ça ? Et personne ne va mourir, je te dis. Là ! Maintenant, tu restes tranquille. »

Ayant entendu la conversation par bribes, le chauffeur lança, sur le ton de la plaisanterie :

« Il est maboul, votre copain. Ce n'est pas à l'hôpital qu'il faut l'emmener, c'est chez les dingos ! »

Cendrars répliqua, d'une voix blanche :

« Toi, tu la boucles et tu conduis. J'ai un marteau, maintenant. Encore un mot et je t'assomme pour le compte.

– Bon, bon... »

Sur l'épaule du poète, le musicien finit par laisser retomber sa tête, sans cesser de gémir :

« Biqui ? Ma Biqui ? Pourquoi ? Biqui ? »

*

Le taxi ne mit que quelques minutes pour rallier l'édifice imposant de l'hôpital de la Pitié-Salpêtrière. Dès qu'il s'immobilisa avec des gémissements de mécanique mal graissée, Cendrars sortit Satie du véhicule comme il le put et deux infirmiers accoururent aussitôt pour prendre en charge ce nouveau venu dont la poitrine ensanglantée formait une tache d'un rouge violent dans le soleil. Malgré les protestations faiblardes du musicien, ils l'assirent dans un fauteuil roulant et, tous trois, ils disparurent dans le bâtiment. Au même instant, le taxi reprit son cours dans le flot du boulevard de l'Hôpital où les automobiles, grondantes, vrombissantes et klaxonnantes, faisaient de leur mieux pour noyer les dernières charrettes qui tentaient encore de résister à la modernité en marche.

Resté seul, Cendrars prit le temps de terminer son mégot avant de décider de la suite qu'il allait donner aux événements. À l'approche de la Pitié-Salpêtrière, tout son être s'était mis à frissonner. Il gardait de l'hôpital un mauvais souvenir, composé d'odeurs d'alcool à brûler et de crasse, de hurlements qui éclataient soudain sans raison, de toubibs aussi aimables que des portes de prison qui faisaient leurs rondes comme l'on passe un régiment entier en revue. L'œil dur, les lèvres pincées en accent circonflexe, fumant sans discontinuer la pipe ou des cigarettes, ils donnaient l'impression d'accomplir leur tâche avec répugnance, toujours suivis par des internes empreints de crainte et de flagornerie.

Le poète avait connu les usines à charcuter de 1915, en pleine guerre, après la Ferme Navarin. Il avait été rapatrié en urgence vers les lignes arrières dans un hôpital improvisé entre les murs du lycée Lakanal, à Sceaux. Des corps, plus ou moins vivants, geignant ou gueulant de douleur, débarquaient par camionnettes entières, encore empuantis par l'odeur de la poudre et du feu. Submergés par les patients, les docteurs jugeaient de l'état des nouveaux arrivants en seulement quelques secondes, ordonnaient des amputations, des cautérisations, des injections de morphine, la pose de pansements ou d'attelles. Avec froideur et science, ils dirigeaient en chefs d'orchestres cette symphonie discordante qu'interprétaient ces musiciens se vidant de leur sang et de leurs tripes. Tout juste survivants du laminoir de la guerre, les hommes tremblaient sur leurs civières comme des chiens de pauvre sous la pluie. Ils priaient, gémissaient, imploraient, partaient sans raison dans des rires sardoniques, juraient, blasphémaient, guettaient la mort au milieu du tourbillon des infirmiers aux blouses tachées de sang comme le sont celles des équarrisseurs des Halles.

L'année suivante, le caporal Sauser Frédéric Louis avait été opéré une seconde fois et était resté en convalescence à l'hôpital psychiatrique Maison Blanche, à Neuilly-sur-Marne. Contrairement à Lakanal, tout n'était là-bas que paix et retenue. Des infirmières à coiffes immaculées faisaient de leur mieux pour ressembler à des anges et la nourriture, à l'inverse de l'ordinaire des tranchées, était saine, variée et abondante. Pourtant, durant toute cette période, le poète fut seul, terriblement seul, accompagné dans sa souffrance par la seule présence d'un christ crucifié qui, sur le mur chaulé faisant face à son lit, ne le quittait pas des yeux. Lorsque les lumières s'éteignaient et laissaient place à de simples veilleuses, le dortoir bondé se transformait peu à peu en enfer. Des hurlements terrorisés montaient dans la nuit à la façon de fusées éclairantes pour disparaître tout aussitôt. Des fiers-à-bras éclataient en sanglots et reniflaient sans pouvoir s'interrompre ni masquer leur détresse, ramassés en fœtus sous des draps trempés de sueur. Les cauchemars dansaient leur sarabande et frappaient en salves sadiques, réveillant sous leurs coups les trépanés, les amputés, les aveugles, les grands brûlés tartinés de pommades grasses, les déments aux yeux hallucinés. Et, toujours, filiforme et noir sur la paroi, le christ observait le poète, sans prononcer le moindre mot.

Après son passage dans ces deux hôpitaux, Cendrars ne fut plus jamais le même, haïssant et bénissant tour à tour Dieu et les hommes, cherchant un éclat de vérité et une raison d'espérer dans ce monde qui vacillait à chaque rotation sur lui-même.

Sa décision prise, il écrasa son mégot d'un coup de talon rageur. Il ne pouvait décemment pas laisser Satie seul dans cet hôpital. De sa démarche lourde et obstinée, il passa devant la guérite du gardien, sans un mot ni un salut. Il n'eut pas un regard non plus pour les premiers visiteurs qui se pressaient, attendant l'heure des retrouvailles, les bras encombrés de fleurs, d'oranges en filet ou de boîtes de chocolat. Il avança, le front bas, ne voulant rien voir, muré dans sa détermination. Lorsque son tour fut venu de se présenter devant la secrétaire du bureau des admissions, il dut parlementer avec elle durant un temps qui lui parut infini. Il ne faisait pas partie de la famille du musicien et le cerbère ne voulait rien savoir. Enfin, prenant sans doute en pitié le mutilé, elle lui donna un numéro de chambre, du bout des lèvres, et il repartit de son même pas entêté, gravissant une à une les marches d'un grand escalier avant d'enfiler des corridors tous semblables.

Au moment de pousser la porte de la pièce où se trouvait le musicien, il inspira profondément. L'odeur de l'alcool et des médicaments était toujours là, bien présente. Celle des linges souillés, même adoucie par une note de lavande, même affadie par des lavages à répétition au savon noir et à la brosse de chiendent, persistait. Le parfum le plus terrible, celui que rien ne pouvait masquer et qui s'accrochait à vous comme du lierre grimpant ou de la clématite à un mur, lui non plus n'avait pas disparu. C'était celui de la solitude et du désespoir. Celui qui vous rappelle que, quoi qu'il arrive, on se retrouve seul. Toujours.

« Alors, ma vieille noix ? Tu n'es pas mieux, ici ? Presque un coq en pâte, pas vrai ? Et je vois qu'ils t'ont donné une chambre pour toi tout seul. C'est le luxe, non ?

– Cendrars, sortez-moi d'ici…

– Mais tu viens d'arriver ! Et tu peux dire que tu m'as fichu une sacrée peur, fripouille.

– Je vous en prie…

– Ne recommence pas. Tu m'as dit dans le taxi que tu serais raisonnable. Alors ?

– Je vais crever, Cendrars. »

Le poète alluma son dernier Crapulos pour le musicien qui gisait sous une couverture, dans une chemise de nuit d'un bleu délavé. Puis, il maugréa, fataliste :

« Bien sûr que tu vas crever. Moi aussi, je vais crever. Tout le monde va crever. Être vivant, c'est encore ce qu'on a trouvé de mieux pour aller en droite ligne vers la mort, non ? Mais ne t'en fais pas. Le toubib va venir et il va t'arranger ça en cinq sec. J'en ai vu, sur le front. Ils sont forts, ces coquins-là. D'ailleurs, je crois bien que c'est le tien qui arrive… »

Effectivement, sans même prendre la peine de frapper à la porte, un docteur venait de pénétrer dans la chambre. Dans sa blouse blanche, entouré comme il se devait par quelques internes, il jeta un coup d'œil rapide sur la feuille des températures accrochée au pied du lit, compulsa en maugréant un dossier filiforme que lui tendait l'un de ses courtisans, hocha la tête à plusieurs reprises. Puis, après s'être approché du musicien, il lui tâta brièvement le pouls, lui fit tirer la langue à l'aide d'une spatule et, toujours enfermé dans son mutisme, il repartit comme il était venu, sans un bonjour ni un au revoir, accompagné par le frou-frou docile de ses internes.

Cendrars emboîta alors le pas au mandarin et, le rattrapant au milieu du couloir, il lui demanda brusquement :

« Docteur ? Qu'est-ce qu'il a, mon copain ? »

La main déjà posée sur la poignée de la porte de la chambre où l'attendait le patient suivant, le médecin se figea, désagréablement surpris d'avoir été dérangé dans sa ronde. Après avoir jeté un regard méprisant sur le poète mal fagoté, il finit par répondre :

« Vous êtes de la famille ?

– Non. Enfin, je veux dire oui, quasiment. D'une certaine manière, quoi.

– D'une certaine manière…

– Alors ? Qu'est-ce qu'il a ? Ça ne peut pas être bien méchant, pas vrai ? »

Sous le regard réprobateur des internes qui l'entouraient et commençaient déjà à montrer des signes d'impatience, Cendrars se racla la gorge pour éclaircir sa voix et insista :

« Il a vomi, mais pas beaucoup. Puis, ça s'est arrêté assez vite. C'est impressionnant, mais ça ne peut pas être grave, n'est-ce pas ? Qu'est-ce que vous en dites ? »

Avec la morgue que confère la toute-puissance du savoir, le médecin laissa s'écouler quelques secondes d'un silence pesant. Puis, il finit par répondre :

« Cirrhose.

– Ah ben merde, alors...

– Comme vous dites. Qui plus est, elle est au dernier stade.

– Vous voulez dire que c'est grave ? »

Haussant un sourcil maintenant excédé par cette question qui lui sembla d'une bêtise sans nom, le mandarin laissa tomber ces mots :

« Pour lui, c'est fini. Il n'en a plus que pour quelques jours. Et encore.

– Mais il n'y a rien à faire ? Vous ne pouvez pas lui...

– J'ai dit que c'était fini. Maintenant, laissez-moi. J'ai d'autres patients à voir. Pour les formalités, soyez assez aimable de passer à l'accueil. Ils vous expliqueront. »

Dans un dernier réflexe d'humanité, il ajouta :

« Sachez que je suis désolé, Monsieur. »

Puis, il actionna la poignée de la porte et, toujours suivi par sa traîne d'internes, il s'évanouit. À nouveau, le poète se retrouva seul. Adouci par les fenêtres fermées, le chœur chaotique des voitures à moteur, sur l'avenue, s'en donnait à cœur joie. Paris s'était complètement réveillé, gorgé de sève comme un fruit encore vert s'offrant à mûrir aux rayons d'un soleil juvénile.

*

« Mon cher Cendrars, pourquoi est-ce que tout paraît tellement facile, avec vous ?

– Tu trouves ? T'en as de bonnes, toi !

– Mais oui ! Vous apparaissez et, aussitôt, tout devient simple.

– Il n'empêche que ce n'est pas très légal, ce que nous faisons. Alors, tiens-toi tranquille et sois naturel.

– La vie avec vous est quelque chose de formidable, mon ami. Réellement formidable, oui. Je ne m'étais plus autant amusé depuis… D'ailleurs, je crois bien que je ne me suis jamais autant amusé de toute mon existence ! »

Sur le boulevard de la Gare menant à Austerlitz, le poète faisait de son mieux pour que le fauteuil roulant où il avait installé le musicien ne verse pas. Le trottoir pavé était dans un sale état, le maniement du fauteuil avec un seul bras s'avérait des plus périlleux. Pourtant, malgré les secousses dues aux ornières et les cahots, le compositeur offrait le visage d'un enfant ravi. La goutte perlant au bout de son nez, enseveli dans sa redingote et une couverture empruntée à l'hôpital, la bouche à demi ouverte sur un sourire silencieux, il jubilait dans le petit froid piquant du matin. Cendrars n'avait pas hésité longtemps. Puisque les jours de Satie étaient comptés et qu'il était appelé à crever dans le réduit sordide d'une chambre parfumée à l'éther, il lui était apparu évident qu'il devait lui offrir un dernier frisson, un ultime grand finale, un feu d'artifice digne de lui.

L'œil s'arrondissant plus encore qu'à l'ordinaire derrière ses bésicles cerclées de fer, le musicien s'exclama soudain :

« Eh bien ! Vous ne voulez toujours pas me dire où nous allons ? C'est une surprise ? C'est ça ? J'adore les surprises ! Cendrars, vous êtes un homme rare, comme l'on n'en fait plus depuis longtemps. Quelle aventure, mes aïeux ! Quelle aventure ! »

Au moment de croiser la rue du Chevaleret, le poète vit venir à leur rencontre une silhouette qui lui était familière. Ayant abandonné son uniforme et sa casquette réglementaires d'employé municipal, toujours aussi trapu et court sur pattes, l'allumeur de réverbères avançait, mains dans les poches, soufflant derrière son écharpe de laine d'épais nuages de buée. Il marqua en les voyant un temps d'arrêt. Puis, avec un sourire amical, il leur lança, en guise de bonjour :

« Mais je vous reconnais, vous ! Alors ? La pêche à Dakar ? Ça mord toujours ? »

Avec un haussement d'épaules désabusé, Cendrars fit descendre le fauteuil roulant sur le passage clouté. Pendant qu'ils s'éloignaient, l'employé aux lampadaires crut bon d'ajouter :

« Et cette Mademoiselle Biqui ? Il avait l'air d'y tenir, votre ami. Vous avez fini par la retrouver ?

– On y travaille, comme vous voyez. On y travaille. »

*

Bien entendu, après la location de la girafe et l'affaire qu'il venait de conclure avec les deux infirmiers afin qu'ils ferment les yeux sur la fuite des deux hommes, il ne restait pour ainsi dire plus rien de la liasse de billets que Chagall avait donnée au poète. Mais celui-ci s'en foutait éperdument. Pour lui, l'argent, ça devait circuler. L'argent, ça devait servir à réaliser des rêves et des choses impossibles, sinon il n'était pas utile à grand-chose. On ne faisait pas de confiture avec des billets et les cadavres ne portaient pas de poches. Il fallait que le numéraire permette de voler, d'éclairer, d'illuminer, de repeindre la réalité grise et monotone en feux du Bengale multicolores. Raymone le lui reprochait suffisamment, à chaque fois qu'ils se voyaient, elle qui courait le cachet comme actrice et multipliait les seconds rôles dans des films de troisième zone. Féla et les trois enfants, eux aussi, lui en voulaient que l'argent glisse entre les cinq doigts de sa main unique comme une eau vive. Mauvais mari, père absent. Mais quoi ? On n'avait qu'une seule vie et il fallait en profiter, brûler la chandelle par les deux bouts et s'offrir du plaisir, autant qu'on le pouvait, à chaque fois qu'il passait à votre portée. Et ce n'était pas tous les jours, tout de même, que l'on pouvait donner du bonheur à un copain comme Satie !

Bien calé dans son fauteuil, le musicien toussa à cause d'une langue de fumée charbonneuse qu'un brusque coup de vent venait de rabattre sur lui. Puis, rigolard en diable, il s'extasia :

« Vous êtes un génie, mon ami ! Au Père-Lachaise, déjà, je le savais. Mais là, vous vous surpassez. Vous êtes un démiurge ! Vous avez le génie de rendre possible ce qui ne devrait pas l'être. Comment pourrais-je vous remercier, un jour ?

– Arrête tes bêtises et fais un peu attention à toi. Le départ approche. Je veux que tu en prennes plein les yeux et plein les oreilles… »

Depuis sa fameuse nuit d'écriture à New York, le poète ne s'était jamais senti aussi bien. Il n'était pas question ce matin-là d'amourette ni d'amitié, d'alcool, de boustifaille ni même de livres à écrire ou à lire. Il s'agissait bien plutôt de ce sentiment rare de plénitude qui fait que l'on sait, avec une évidence aveuglante, que l'on est au bon endroit, au bon moment. Et, surtout, que l'on a fait le bon choix.

Sur son fauteuil, émerveillé, les sourcils dressés, Satie s'écria :

« Vous avez senti, Cendrars ? Vous avez senti ça ? C'est formidable, non ? La première secousse ! J'en ai le bas des reins tout émoustillé !

– Et ce n'est que le début, vieille fripouille. Ça va ronfler sous tes fesses, et pas qu'un peu. Surtout, reste bien en place et tout se passera bien… »

Erik Satie n'avait jamais vraiment voyagé. Il était allé à pied jusqu'à la lune, certes, mais il n'avait jamais osé quitter son repaire d'Arcueil, son immeuble aux quatre cheminées, comme le voisinage aimait à l'appeler. Il y était arrivé avec une charrette à bras contenant en tout et pour tout quelques bibelots et un vieux piano qui n'était même plus bon à flamber. Au fil des années, il avait meublé son réduit avec une table, un banc de ferme, un châlit, un matelas et un miroir, puis un second piano prêté par un éditeur avait trouvé une place. Ce refuge, situé près des usines d'Arcueil, il l'avait dégoté grâce à Bibi-la-purée qui l'occupait avant lui. Cette célébrité mendigote, fort buveur d'absinthe, se disait étudiant éternel et parent avec Salis, le propriétaire du Chat noir où Satie l'avait rencontré lorsqu'il tapait sur les claviers pour accompagner le théâtre d'ombres. Fatigué d'essuyer des quolibets lancés par les gamins de la zone, plus désargenté que jamais, Bibi-la-purée s'était décidé à céder son logement au musicien. Depuis, libéré de toute entrave, dormant chez les uns ou chez les autres, sous les portes cochères ou dans les postes de police, il avait continué à dériver entre le boulevard de Clichy et la rue Victor Massé, abordant les passants toujours de la même manière pour leur soutirer trois ronds.

Sa méthode, qui avait fait ses preuves, était connue de toute la faune grouillant dans le quartier. Qu'il pleuve ou que le soleil frappe à pleins rayons, il se plantait devant des gogos en promenade à Montmartre et, de l'air le plus sérieux du monde, il leur demandait s'ils avaient des parapluies à vendre. La plupart du temps, la question étonnait. Le temps que les badauds réfléchissent à la meilleure réponse à apporter, il débitait son boniment, faisant rire la bergère ou flattant le berger, selon l'humeur. La glace était rompue. Pour fuir l'incorrigible moulin qui, dès lors, ne s'arrêtait plus de dégoiser sottises sur âneries, ils déliaient leurs bourses et donnaient de quoi faire le bonheur du paillasse roublard. Satie et Bibi-la-purée s'étaient tout de suite plu et l'affaire avait été conclue autour de quelques verres de fée verte, quelques godets de purée puisque Bibi la consommait pure, sans eau et sans glace qui risquaient, affirmait-il d'un air docte, de lui gâcher le palais.

Toujours calé dans son fauteuil roulant, le chapeau planté de sa plume entre ses cuisses, le musicien s'égosilla soudain :

« Ça y est ! Elle bouge ! Elle est plus lourde que toutes les pyramides d'Égypte et, pourtant, elle bouge ! C'est de la magie, Monsieur Cendrars ! De la magie pure ! La sentez-vous bouger ? Elle bat comme un cœur, la bougresse ! »

Tous les grands artistes de Paris avaient, à cette époque, déjà voyagé à travers le vaste monde. Erik Satie, non. Gauguin, avec son visage taillé à la serpe et son air de toujours vouloir s'excuser pour tout et pour rien, avait quitté sa province natale pour conquérir Paris. Paris ne lui avait pas suffi et il avait vogué jusqu'à Tahiti et aux îles Marquises. Darius Milhaud s'était risqué au Brésil. Manet avait lui aussi posé le pied à Rio de Janeiro et en était revenu vérolé, à cause d'une mulâtresse disaient les mauvaises langues. Cet amour lui avait coûté l'amputation de sa jambe gauche, mais il était parti vers l'ailleurs. Il avait réalisé son rêve. Il avait traversé le miroir. Kisling, Hemingway, Debussy, Ravel, Picabia, Picasso, Tzara, Man Ray, René Clair, Diaghilev, Massine, Braque, Matisse, Juan Gris, Derain, Aragon, Brancusi, Fujita, Larbaud, tous avaient quitté Paris pour mettre le cap sur l'ailleurs, pour se jeter tous les sens en alerte dans l'inconnu.

Satie, lui, n'avait fait qu'une escapade à Monaco. Il n'avait pas éprouvé le frisson délicieux de l'aventure alors que ses musiques, elles, commençaient à ne plus connaître de frontières. Henry Poulaille, le secrétaire de presse de la maison Grasset, à qui Cendrars avait confié son manuscrit de *L'Or* à la publication, le lui avait récemment affirmé. Poulaille était un blagueur qui aimait à enjoliver la réalité et, le connaissant, le poète avait préféré rester discret sur les révélations qu'il lui avait faites. Mais, à l'écouter parler, les Américains eux-mêmes ne juraient plus que par la musique de Satie. C'était une brusque prise de conscience qui allait bien au-delà de la mode ou du caprice du temps qui passe. C'était une reconnaissance de la musique du compositeur en bonne et due forme. Il y avait donc les États-Unis, mais que dire de Londres, Berlin, Rome, São Paulo et même le Japon ou l'Australie ? Les intellectuels se retrouvaient pleinement dans les créations du bon Maître d'Arcueil. On le jouait désormais partout, à l'orchestre comme en solo, dans les lieux les plus prestigieux réservés à la grande musique. Les droits d'auteur, bientôt, allaient tomber qui permettraient au compositeur de quitter enfin sa petite fille aux grands yeux verts. La gloire était proche, là, à portée de la main.

« Je sens le vent, Cendrars ! Le vent de la vitesse ! Je vole ! Je vole sur une pyramide et j'abandonne Paris à mes pieds ! Et merde à Paris ! Et merde à Biqui ! Et merde au monde entier ! »

En attendant la manne des droits d'auteur, toujours très aléatoire, le poète avait donc décidé de faire prendre un peu de bon temps au musicien. Puisqu'il n'avait pas bourlingué autrement qu'entre Paris et Arcueil-Cachan, il allait lui faire connaître autre chose, la sensation enivrante de tout quitter derrière soi, sans même un sac sur le dos, pour partir à l'aventure. Ce ne serait ni le Brésil, ni le Japon. Ce serait juste ailleurs, là où personne ne l'attendait. Là où ils seraient pleinement les maîtres de leur destinée.

Après leur fuite sur le boulevard de la Gare, presque tout son argent était ainsi passé de sa poche dans celle du Grêlé. Lorsqu'ils avaient pointé leur nez dans son camp d'Austerlitz, le gitan avait tout d'abord reçu les deux hommes avec une grimace. Son fils Diago et la girafe étaient bien rentrés au bercail, certes, mais il avait eu vent de l'altercation avec la police, devant la Closerie des Lilas, et il ne goûtait guère ce genre de réclame. Le poète, pour le ramener à de meilleurs sentiments et le convaincre de les aider dans leur entreprise, avait dû déployer des trésors d'imagination. Après deux verres d'anisette et le paiement comptant de la somme qu'il demandait pour ses services, le gitan avait consenti à intervenir pour rendre leur rêve possible, à la condition cependant que Diago, une nouvelle fois, les accompagne. Le petit savait parler à l'oreille des girafes, mais il s'y entendait aussi pour murmurer à celle des locomotives. Le chapeau sur l'oreille, il les avait donc accompagnés sur le quai des grandes lignes. Il avait parmi ses connaissances le conducteur d'un train à vapeur reliant régulièrement Paris à Bordeaux. C'était un bon papa qui avait trente ans de ligne et que plus rien ne semblait étonner vraiment. Contre une bouteille d'anisette et quelques numéraires, il avait accepté de prendre dans sa Pacific le musicien, le poète et l'enfant. Sans oublier le fauteuil roulant.

« Venez, Cendrars ! Venez près de moi ! Il faut que je vous dise quelque chose !

– Ça ne peut pas attendre la prochaine gare ?

– Non ! Venez, je vous dis ! »

Le béret enfoui dans sa poche, marchant sur des éclats de charbon qui brillaient comme des étoiles dans un ciel d'Atlantique, se retenant de son mieux à tout ce que le monstre de fer et d'acier pouvait lui offrir comme prise, Cendrars rejoignit Satie qui n'avait pas cessé de sourire ni de s'émerveiller depuis le premier tour de roue. À l'extérieur, les paysages défilaient maintenant à une allure folle et la verdure avait remplacé la zone parisienne faite de fumées, de baraques d'ouvriers grises et poussées à la va-vite, de rangées de platanes squelettiques et nus. À la façon d'une flèche luisante et noire, la Pacific fendait l'air en direction de Bordeaux et de l'Océan, traînant derrière elle des wagons bondés.

Au milieu des escarbilles et des poussières de houille qui volaient dans le soleil, le musicien cria en direction du poète, ses yeux ronds de piaf s'extasiant sur le brasier orangé de la chaudière :

« Je vous remercie, Cendrars ! Je vous revaudrai ça ! Mais il vous faudra attendre ma prochaine vie !

– Ne dis pas de conneries !

– La mort n'est rien, Cendrars ! Surtout dans un tel équipage ! Quelle gueule, tout de même ! Non, mais quelle gueule ! Cocteau en crèverait de jalousie ! »

Comme le poète acquiesçait de la tête dans le vacarme de la locomotive lancée à pleine vapeur, le musicien s'enthousiasma :

« C'est mon chant du cygne !

– Tais-toi donc !

– Mon chant du cygne ! Et je m'y connais, en musique ! Mais quand je partirai, je ne veux pas de vous à mon enterrement ! En revanche, j'ai une faveur à vous demander ! Ce sera la dernière, je vous le jure ! »

Pendant que Diago ne lâchait pas des yeux le conducteur et se promettait de n'abandonner sa vie de gitan que pour celle de chauffeur d'une Pacific, le musicien s'égosilla une nouvelle fois :

« Approchez-vous, mon ami ! Je veux vous parler à l'oreille ! Ce sera notre secret ! Notre secret à nous ! »

Quelques instants plus tard, après un court conciliabule durant lequel le poète commença tout d'abord par protester avec de petits gestes de dénégation de son bras, Satie fouilla dans la poche de sa redingote et finit par en tirer une grosse clé. Les larmes aux yeux, mais peut-être n'était-ce dû qu'à l'effet irritant de la fumée de charbon, il la tendit à Cendrars. Celui-ci hésita un moment, puis il finit par la prendre et la remisa aussitôt avec soin dans son pardessus.

Alors, semblant subitement libéré d'un poids insupportable, Erik Satie se retourna vers la campagne baignée de soleil et embrassa avec un rire d'enfant le monde qui courait à sa rencontre.

NOTRE-DAME-DES-BASSESSES

« Mais Cendrars, vous ne vous rendez pas compte ! Ça y est ! Vous êtes célèbre, maintenant ! Et pas uniquement à Montmartre ou dans le quartier latin. *L'Or* fait un tabac, un véritable tabac !

– Vous êtes sûr de vous ?

– Plus que ça, encore ! Et je ne vous dis pas tout. Chaque jour, des nouvelles arrivent ici, chez Grasset. Et elles sont toutes du même tonneau. On vous veut. Votre roman se vend comme des petits pains.

– Je préférerais qu'il se vende comme un livre. Mais bon... »

Dans son bureau de la rue des Saints-Pères, Henry Poulaille, le secrétaire de presse maison, n'en croyait pas ses yeux, ne lâchant les coupures de journaux et les pneumatiques que pour remettre en place avec fébrilité une mèche rebelle qui retombait inlassablement sur ses yeux de Pierrot lunaire. Anarchiste, libertaire, autodidacte et Parigot pur jus, le jeune homme qui n'avait pas encore trente ans possédait tout pour plaire à Cendrars. Cet oiseau-là, qui le bassinait depuis des mois avec sa littérature prolétarienne et le bonheur de l'humanité qui ne pouvait passer que par le socialisme soviétique, ne faisait rien à moitié. Passionné et prompt à s'enthousiasmer d'un bout à l'autre de la journée, il était d'un seul bloc, curieux de tout, toujours à l'affût de voix nouvelles en littérature.

Se levant d'un bond, Henry Poulaille contourna son bureau et vint taper du plat de la main sur l'épaule de son visiteur. Les yeux dans les yeux, il le congratula, la voix tremblante et sincèrement émue :

« C'est un coup de maître, je vous dis. Dès que j'ai lu votre manuscrit, je l'ai su. C'est de la littérature populaire et non pas populiste, vous comprenez ? De la littérature qui parle au peuple. À toutes les lignes et même dans chaque mot, elle lui parle de lui, elle lui parle de la vie, de la mort, de l'argent, de l'ambition, de la lâcheté, des dérapages du capitalisme triomphant. Ça ne se cache pas derrière des mots ni même derrière des idées. Ça éclate à la gueule du lecteur, comme une grenade. »

Gonflé d'orgueil mais n'en laissant rien voir, Cendrars tira sur son mégot et se contenta de répliquer :

« Ne m'emmerdez pas avec la littérature ni avec la politique, vous serez bien aimable.

– Mais votre livre est politique, que vous le vouliez ou non !

– Mon livre est un bouquin qui n'est pas trop mal foutu, je crois. Et ce n'est déjà pas mal.

– Qu'est-ce qu'il vous faut de plus ? »

Retournant derrière son secrétaire, Poulaille fouilla avec frénésie dans une pile de dossiers. Il finit par en extraire quelques feuilles que sa lecture fiévreuse avait déjà froissées. D'un mouvement vainqueur, il chaussa ses lunettes d'écaille et déclama :

« "Auteur : Cendrars. Titre de l'ouvrage : *L'Or*. Traductions en cours ou prévues : Angleterre, Brésil, Espagne, Allemagne,

Autriche, Italie." Et ce n'est qu'un début ! Aux USA, votre bouquin, comme vous dites, provoque déjà des émeutes. Il y a des familles entières qui se disent héritières directes de votre général Suter et qui veulent attaquer en justice le gouvernement américain pour réclamer des dommages et intérêts…

– Non ?

– Mieux que ça. Je viens de recevoir un câble de notre agent, en poste en Russie. Votre livre a littéralement emballé le comité de lecture du Soviet suprême. Et Staline lui-même, le Petit Père des peuples, vous a lu. Staline vous a lu, vous vous rendez compte ?

– Ça fait un lecteur de plus, c'est bien. »

Poulaille leva alors les bras au ciel et s'exclama, au comble de la stupéfaction face à une telle bonhomie dans un moment pareil :

« *Sta-line ! L'Or* lui plaît tellement qu'il veut s'en inspirer pour lancer des milliers de prospecteurs d'or en Oural et réindustrialiser la province ! C'est ça, la littérature ! Ça ne reste pas dans les livres. C'est fait pour faire bouger l'Histoire ! »

Ébloui par la perspective de voir le prolétariat soviétique s'enrichir grâce aux gisements aurifères de l'Oural, le secrétaire de presse tira alors de l'un des multiples tiroirs de son bureau une bouteille de whisky et deux verres. Tout en les remplissant à ras bord sous les yeux ravis de Cendrars, il reprit :

« Sinon, sur quoi travaillez-vous, en ce moment ? Vous savez qu'il faut battre le fer tant qu'il est chaud. Alors ? Les journalistes demandent déjà s'il y aura une suite.

– Une suite ? Certainement pas. J'ai dit dans mon bouquin tout ce que j'avais à dire sur le sujet. L'or, c'est bien. Mais c'est emmerdant, à la longue. »

Comme Poulaille se renfrognait un peu, il ajouta aussitôt :

« Mais j'ai mieux qu'une suite. Bien mieux, même… »

Avec une lenteur calculée, le romancier sortit alors de sa poche un feuillet griffonné au crayon à papier qu'il laissa planer et tomber devant le jeune homme. Celui-ci en oublia immédiatement le whisky et s'en saisit pendant que Cendrars, lui, récupérait son verre et commençait à le boire à petites gorgées satisfaites.

D'un ton où perçait un mélange de fierté et de pudeur, il expliqua :

« Allez-y. Vous pouvez lire et les compter, tous. Il y en a trente-trois, comme l'âge du Christ. Trente-trois, ni plus ni moins. C'est un bon chiffre, non ?

– Vous voulez rire ?

– Pas du tout. Vous avez entre les mains les titres de mes trente-trois prochains romans, contes, récits ou nouvelles, appelez cela comme vous voulez. Et je veux qu'ils apparaissent en quatrième de couverture de toutes les publications qui se feront chez vous. Ou ailleurs… »

Poulaille essuya un peu de sueur qui perlait à son front. Après avoir trinqué avec son visiteur, il tenta de plaisanter :

« Vous n'êtes pas sérieux, n'est-ce pas ? On n'a jamais annoncé la parution de trente-trois livres d'un même auteur sans de sérieuses garanties. Vous les avez tous écrits ?

– C'est égal. Vous caserez tous les titres que vous pourrez. Ça calmera les journalistes et ça me foutra la paix pour un moment. Quant aux romans, pour répondre à votre question, ils sont déjà écrits. Tous, sans exception. Et ils sont là… »

Se tapant le front avec son index, il répéta en souriant :

« Ils sont tous là. Je n'ai plus qu'à les mettre sur du papier, ce qui ne représente finalement qu'un travail de secrétariat. Vous voyez bien que je ne mens pas.

– Quand comptez-vous vous y mettre ?

– Dès que j'aurai terminé celui auquel je pense, en ce moment. »

D'un air mystérieux, Cendrars plissa ses paupières et murmura :

« Ça s'appellera *La Greffe humaine*. C'est bien trouvé, non ?

– De quoi va-t-il s'agir ?

– Une histoire tout ce qu'il y a de formidable, vous pouvez me croire. Quelque chose qui n'a encore jamais été fait.

– Je peux en savoir plus ?

– Vous savez bien que je m'intéresse à tout, y compris à la médecine et à la recherche scientifique, n'est-ce pas ?

– Et alors ? »

Le romancier finit d'incendier entre ses lèvres un reste de mégot qu'il remplaça immédiatement par une cigarette Gitane sans filtre. Puis, se penchant par-dessus le bureau, il dévoila son grand projet, toujours à mi-voix :

« *La Greffe humaine*, ce sera un roman qui traitera des effets d'une greffe de glandes de singe sur un vieux philosophe platonicien. Qu'est-ce que vous en dites ? Ça vous la coupe, non ?

– Mais… De quelles glandes s'agira-t-il exactement ? »

Avec malice, Cendrars posa son index sur sa bouche et se contenta de répondre, de façon énigmatique :

« C'est un secret… En fait, je n'ai pas encore totalement décidé, mais ce n'est qu'un détail. Les scientifiques ne sont d'ailleurs pas tous d'accord sur le sujet, loin s'en faut. Mais bon… En revanche, vous pouvez déjà annoncer *Moravagine*, *Rhum*, *La Vie dangereuse*, *D'oultremer à indigo*, *Hollywood, la Mecque du cinéma* et *Aujourd'hui*. J'ai aussi le projet d'une *Rhapsodie gitane*, mais il est encore trop tôt pour l'annoncer. Et mettez aussi *L'Eubage*, *L'ABC du cinéma* et *Le Plan de l'aiguille*.

– Ce sera tout ?

– Non. Je ferai aussi un livre illustré, *La Banlieue de Paris*. Pour le moment, il me manque le photographe, mais je le trouverai. »

Pendant que le secrétaire de presse se demandait encore s'il devait prendre au sérieux ce que le romancier venait de lui balancer, celui-ci finit son verre d'une lampée, fit claquer sa langue de satisfaction contre son palais, avant de conclure :

« Vous voyez ? Vous n'avez pas à vous inquiéter pour la suite ! »

Alors qu'il se levait pour quitter le bureau enfumé de tabac, le téléphone émit une sonnerie stridente, désagréable à l'oreille. Comme Henry Poulaille décrochait, Cendrars jeta un œil sur les manuscrits en cours de lecture ou de parution qui formaient sur la table basse de dangereuses tours de Babel. *Rien que la terre* de Paul Morand, *La Féerie Cinghalaise* de Francis de Croisset, *La Tentation de l'Occident* de Malraux et *Méïpe ou la délivrance* de Maurois voisinaient avec *Bella* de Jean Giraudoux, *Monsieur Ripois et la Némésis* de Louis Hémon ou encore *Les Bestiaires* d'Henry de Montherlant. L'automne littéraire promettait d'être chargé mais lui, avec un peu de chance, il aurait déjà attrapé un cargo et serait en train de bourlinguer aux quatre coins du monde, à la recherche de la vie, la vie immédiate. Dans son dos, le combiné de bakélite se reposa sur son socle. Lorsque le romancier se retourna, il comprit immédiatement à la grimace qui se dessinait sur le visage du jeune homme qu'une mauvaise nouvelle venait de tomber.

Celui-ci, baissant la tête et pétrissant son verre entre ses doigts, demanda alors :

« Dites-moi, Cendrars ? Vous le connaissiez bien, Erik Satie ? »

Aussitôt, le romancier sentit sa poitrine se serrer et l'air lui manquer. Le toubib de la Pitié-Salpêtrière avait été chiche, finalement. Il n'avait donné au musicien que quelques jours et celui-ci, contre toute attente, avait tenu quelques mois. Pour éviter les questions et les phrases creuses, Cendrars s'enfuit du bureau sans un mot, les mâchoires serrées sur sa tristesse. Dans la poche de ses pantalons, il sentit palpiter la grosse clé de fer noir que Satie lui avait confiée sur la Pacific, le jour du grand voyage vers Bordeaux et l'océan Atlantique.

*

Le musicien avait décidé de partir le premier juillet 1925, au tout début d'un été qui s'annonçait déjà lourd sur Paris. Comme pour effectuer un pèlerinage, mais aussi pour éviter les voyageurs s'entassant dans les autobus, Blaise Cendrars décida de se rendre chez le compositeur à pied, dans la petite ville d'Arcueil. Durant le trajet, il fuma cigarette sur cigarette, l'esprit chamboulé par la nouvelle de la disparition du compositeur, ravi dans le même temps par ce succès inespéré de *L'Or* qui lui permettrait de régler ses dettes et de repartir ailleurs, dans des voyages au long cours. Le béret sur la tête, les épaules voûtées et les pensées agitées par ces deux événements qui s'affrontaient avec violence dans les vapeurs du plein verre de whisky avalé chez Grasset, il accomplit les dix kilomètres les yeux au sol, ne pouvant rien goûter de la campagne parisienne qui déployait ses champs et ses chemins poudreux en lieu et place des immeubles qu'il venait de quitter.

Après leur escapade en train qui n'avait jamais atteint la gare Saint-Jean de Bordeaux, car les vomissements de sang avaient repris une heure environ après le départ de la Pacific, Satie avait été interné en urgence à l'hôpital Saint-Joseph. Le comte de Beaumont, faisant jouer ses relations, lui avait obtenu après quelques jours une chambre individuelle, celle-là même qu'il se réservait à l'année, en cas de coup dur inopiné.

À ce moment-là, Cendrars avait presque réussi à surmonter son aversion pour les hôpitaux et avait caressé un temps la possibilité de lui rendre une visite. Mais la peur et l'angoisse avaient pris le dessus, opérant un travail de sape sournois dans ses bonnes résolutions. Malgré son emploi du temps des plus élastique, il avait toujours repoussé cette échéance, s'inventant des obligations, s'égarant dans des beuveries avec Chagall, Léger et les autres, revenant aussi parfois à la petite maison du Tremblay-sur-Mauldre partager quelques nuits avec Raymone.

Les rares personnes qui firent le déplacement jusqu'à l'hôpital Saint-Joseph n'oublieraient sans doute jamais leur visite. Lorsqu'il ne somnolait pas, complètement abruti par les médicaments, le musicien se montrait réellement impossible, mauvais, sournois, capricieux, voire violent. Des uns et des autres, il exigeait qu'ils lui apportent des objets absolument loufoques ou impossibles à trouver. Quand le malheureux ami fournissait de toute bonne foi ce qu'il croyait correspondre aux attentes du malade, celui-ci entrait alors dans une rage folle. Il le couvrait copieusement d'insultes, lui balançait son présent à la figure et repartait aussitôt dans de nouvelles salves d'imprécations, sans aucune pitié, toute colère dehors.

En fait, le seul qui obtint un peu de clémence chez ce nouveau satrape, bizarrement, fut le philosophe catholique Jacques Maritain. Austère, grave en toutes circonstances, se sentant débordant d'un amour absolu pour son prochain, ce dernier ne connaissait pas le musicien avant que celui-ci ne se fasse interner. Pourtant, il vint chaque jour lui rendre visite, pétri d'une empathie sans limite. Convaincu de pouvoir faire mourir chrétiennement le compositeur, nourrissant le désir secret de catholiciser par la suite tous les barbus et les chevelus de la bohême parisienne, il fit preuve avec le malade d'une patience d'ange, lui lut des heures durant des passages d'une Bible qui ne le quittait jamais et lui parla du paradis avec une conviction que saint Thomas d'Aquin, lui-même, n'aurait pas reniée.

Lorsque Cendrars parvint à Arcueil, il trouva sans difficulté la rue Cauchy et l'immeuble sur cinq niveaux où le compositeur s'était terré durant vingt-sept années. Il s'agissait d'un bâtiment construit en proue de navire, massif, sans fioriture si ce n'est une enseigne peinte à la main où l'on pouvait lire : « *Aux quatre cheminées* ».

Rendu à bon port, le poète essuya la sueur qui perlait à son front. Alors, il avisa un homme devant la porte d'entrée qui, tout en mâchonnant sans entrain un brin d'herbe, les mains dans les poches, semblait attendre quelqu'un. Il se dirigea vers lui et, avant même qu'il ne puisse lui adresser le bonjour, celui-ci le coupa :

« Vous avez trouvé facilement ?

– Pardon ?

– La maison de Monsieur Satie ? C'est bien elle que vous cherchez, non ? »

Âgé d'une cinquantaine d'années, l'homme offrait toutes les apparences d'une personne droite et honnête. Le regardant par en dessous, le romancier répondit :

« Oui, c'est bien cette maison que je cherche.

– Je vous attendais. Vous êtes bien Monsieur Cendrars, alors ?

– Comment le savez-vous ?

– Moi, c'est Veyssière. Léon-Louis Veyssière. Monsieur Satie et moi, on se fréquentait depuis qu'il avait posé ses malles à

Arcueil. On était même pour ainsi dire des amis. »

Sans ôter le brin d'herbe de sa bouche et sans bouger d'un pouce, l'homme expliqua :

« J'ai vu Monsieur Satie à l'hôpital, il y a une paire de jours. Dans sa fièvre, il m'a dit qu'il allait y avoir un drôle de pékin qui allait demander après lui, quand il serait mort. Je dis pékin, mais c'est parce que c'est le mot qu'a employé Monsieur Satie. Ne le prenez pas mal. Moi, je n'aurais jamais osé.

– C'est tout ce qu'il a dit ?

– Non. Il a dit que ce pékin s'appelait Cendrars et qu'il voudrait rentrer chez lui. Il m'a dit aussi que je ne pourrais pas le rater parce qu'il faisait un peu cloche sur les bords et qu'il avait un bras en moins. Donc, c'est vous. Vous avez la clé ? »

Sans relever l'allusion à la description que le musicien avait faite de lui, le romancier sortit la clé de fer noir de sa poche et la tendit à l'homme qui se contenta de la regarder. Après avoir hésité un instant, Léon-Louis Veyssière jugea qu'il avait correctement rempli sa mission. Il ôta donc l'herbe d'entre ses lèvres et laissa tomber, en guise d'au revoir :

« C'était un Monsieur, Monsieur Erik Satie. »

Puis, il remit ses mains dans les poches de ses pantalons de velours grosses côtes et, à pas lents, remonta la rue Cauchy.

*

Avant d'ouvrir la porte de l'appartement, Cendrars attendit un instant. Il allait être le premier depuis près de trois décennies à entrer dans la grotte de Satie et répugnait à pénétrer dans le quotidien d'un copain qui venait de partir. En découvrant cet univers que le compositeur avait si jalousement gardé inviolé durant tant d'années, il avait la sensation très désagréable d'être celui qui, par ce geste, allait symboliquement clouer son cercueil et, l'espace de quelques secondes, il regretta que ce Veyssière ne soit pas monté avec lui.

La clé pénétra sans effort dans la serrure. La mécanique joua sans grincer. La porte s'ouvrit sans le moindre miaulement.

Erik Satie n'avait pas menti. Il avait de toute évidence vécu une grande, une immense, une intense histoire d'amour avec celle qu'il nommait affectueusement la petite fille aux grands yeux verts. Les volets n'avaient pas été tirés et, pourtant, la lumière éclatante qui baignait la rue semblait n'entrer ici qu'avec réticence, s'accrochant à peine aux objets et aux meubles, donnant l'impression de ne pas vouloir se salir au contact du décor. Celui-ci, au demeurant, était d'une sobriété sans égal. Un lit-cage privé de drap, recouvert simplement de deux fines couvertures ayant appartenu à la Compagnie des wagons-lits. Une cuvette posée à même le sol, près d'un pot à eau ébréché. Une table vide, surmontant des amoncellements de cageots et de caisses. Un banc. Une haute armoire de style normand à laquelle manquait une porte. Un cadre, étonnamment propre, qui contenait le diplôme des Palmes académiques pour mérites civiques du musicien. Et c'était tout.

Le poète s'approcha de la fenêtre et constata que les carreaux et les gonds étaient scellés par la crasse. N'osant pas l'ouvrir, il se roula une cigarette de gris et déchiffra sur la façade d'en face des mots, qu'une écriture malhabile avait tracés à la craie : « *Cet méson et henté par le diable* ». Avec un sourire amer, Cendrars alluma sa cigarette avec une suédoise, puis il se retourna pour embrasser le tableau.

C'était donc là qu'Erik Satie, le bon Maître d'Arcueil, s'était terré, à l'abri des regards, sans recevoir personne. C'était ici ce qu'il appelait, avec un orgueil démesuré, sa tour d'ivoire ou son repaire de Notre-Dame-des-Bassesses. Il n'avait jamais bougé de là, n'avait jamais voyagé, se contentant vraisemblablement de mâcher et de remâcher ses rêves et ses cauchemars dans la solitude la plus complète. Il n'y avait pas d'eau courante. Encore moins de gaz ou d'électricité. C'était cela l'univers d'Erik Satie, le créateur des *Gnossiennes* qui, elles, voyageaient maintenant à travers le monde, libres de toutes entraves, applaudies, admirées, louées pour leur modernité. Il était là, son quotidien. Celui d'un rat, honteux de sa propre misère, celui d'un homme qui n'avait jamais eu l'indélicatesse de demander l'aumône ni même de se plaindre.

Dans le fond de la pièce, sous une bâche agricole trouée, le poète découvrit la présence de deux pianos droits, attachés solidement l'un à l'autre avec du fil de fer. Tourné contre le mur, l'un des deux était inutilisable et l'autre, faisant songer à une gueule cassée de la Grande Guerre, portait des traces de coups. Quant à ses pédales, elles avaient subi un début de réparation avec de la ficelle à poulet. Cédant à la curiosité, Cendrars plaqua un accord sur les touches couvertes, elles aussi, de crasse. L'instrument sonna lamentablement faux et, de ce fait, fut en parfaite harmonie avec le décor. Malgré le silence, le son ne monta pas dans la pièce, comme si les cordes étaient étouffées par un linge afin de les rendre moins sonores. Il ouvrit alors le coffre, se pencha et comprit aussitôt la raison pour laquelle le piano ne parlait plus. À l'intérieur, dans un fouillis incroyable, des milliers de pneumatiques, de cartes et de lettres, pour la plupart jamais décachetées, s'entassaient. À ces courriers, se mêlaient les réponses de Satie dans des enveloppes non affranchies et aux adresses élégamment calligraphiées.

Au hasard, le romancier en ouvrit une. Datée d'avril 1918, et adressée à Jean Cocteau, elle disait :

« *Cher Petit Vieux Gros. Peut-être viendrai-je demain (lundi) ; peut-être mardi. Je vous crois ici.*
Vous ne m'oubliez pas ?
J'écris à Auric. Où est-il ?
Que faites-vous ?
Le canon tonne comme un ton-ton (de thon).
C'est un canon long comme le Diable – par la queue.
Savez-vous où est la princesse de Polignac ? Oui ?
J'ai la « frousse ».
Je n'aime pas le bruit :
Le bruit de l'os.
J'aime la salade, le caca & le poisson.
Bonjour Vieux, de Erik Satie. »

Une réponse, sans doute de Cocteau même si elle n'était pas signée, disait :

« *Bientôt des anges ventriloques*
Annonceront à tout le monde
Le miracle de saint Satie
Qui baptisait Pélican le rossignol

Il entre à une heure indue comme l'accoucheur
Avec des trousses dans sa poche et il délivre la
Pauvre Euterpe.

Le président de la République et sa présidente
Dorment à l'Élysée
Non loin des Rothschild
Qui dorment pour rien.

Ils ignorent que saint Satie
A enfermé l'âne, le bœuf et une grosse étoile dans
Sa chambre parce qu'il neige dehors
Et qu'il apprend à parler au piano
Pour me faire une surprise
Le jour de ma fête. »

Les méandres de l'histoire entre Satie et Cocteau ne regardaient que les deux concernés et Cendrars, subitement mal à l'aise, avec un sentiment diffus de jalousie qui commençait à l'envahir, préféra refermer le piano. De toute façon, il n'était pas venu pour cela. Le compositeur lui avait demandé à l'oreille, à bord de la Pacific crachant ses escarbilles, de venir chez lui, après son dernier souffle, pour y retirer ce qu'il avait appelé son petit trésor, son péché mignon, sa gourmandise honteuse. Tout se trouvait dans un coffre de bois précieux entreposé dans l'armoire. En traînant les pieds dans la poussière et les ordures ménagères séchées, le poète marcha jusqu'au meuble de guingois à la porte unique. Avec une nouvelle suédoise, il fit naître un peu de lueur dans la pénombre et, soudain, il s'ouvrit d'un sourire de tendresse infinie.

Des piles de chemises toutes semblables formaient une pyramide à côté de dizaines de faux-cols, tous parfaitement jumeaux. Dans la penderie, sept costumes taillés dans le même drap sombre et bon marché semblaient monter la garde et sept parapluies que rien ne permettait de distinguer l'un de l'autre patientaient à la façon de fusils sur un râtelier. Comme il fallait s'y attendre, sept chapeaux melons s'empilaient, faisant penser à des couvercles de bocaux encastrés les uns sur les autres. Erik Satie était là, devant lui.

Vainement, le romancier chercha dans l'immense armoire

la boîte de bois précieux contenant le fameux trésor du compositeur. En revanche, il trouva sans mal, dissimulée derrière les piles de chemises, une boîte en carton bouilli aux dimensions respectables qu'il prit sous son bras et alla déposer sur la table. Après avoir fait sauter la ficelle d'un coup de canif, il ouvrit respectueusement le couvercle et, là encore, il n'en crut pas ses yeux. Il s'attendait à trouver des liasses entières de partitions originales destinées à prouver, après le départ du compositeur, toute l'étendue de son génie. Il y en avait bien quelques-unes… Pourtant, la majorité des papiers qui emplissaient la boîte jusqu'à faire se déchirer les pliures, n'était qu'un amoncellement de notes manuscrites, de dessins réalisés avec soin sur des bristols, des cartons, des papiers pelure. On y voyait des farandoles de châteaux imaginaires, d'instruments de musique dignes des machines volantes de Léonard de Vinci, de fausses petites annonces sans queue ni tête, des lettres pompeuses destinées aux grands de ce monde, présidents, reines et rois, étoiles du music-hall, actrices et acteurs de cinéma, missives d'excommunication ou d'insultes, courriers à l'humour froid et désespéré qu'Erik adressait régulièrement à Satie, peut-être pour se donner l'illusion de recevoir du courrier et de compter, encore un peu, aux yeux du monde. D'autres gravures, toujours le fruit de l'imagination du compositeur, firent froid dans le dos de Cendrars. Il s'agissait d'armes terrifiantes, conçues pour tuer, arracher les chairs, torturer, mutiler et autres joyeusetés du même tonneau.

À quatre heures trente du matin, environ, un insomniaque aurait pu assister à un étrange spectacle, dans la rue Cauchy. Sortant silencieusement du numéro trente-quatre, un manchot coiffé d'un béret reprenait la route en direction de Paris. Sous son bras, une grande boîte de carton retenue par de la ficelle le faisait pencher sur la gauche. Dans la nuit, à la façon d'une étoile solitaire et perdue, comme tombée du ciel, la braise d'un mégot de gris brillait, trouant l'obscurité d'une lueur d'espoir.

Dans la tête du manchot, résonnaient encore les derniers mots du compositeur :

« Ce que vous allez trouver chez moi, Cendrars, c'est très précieux. C'est mon trésor. C'est toute ma vie… »

ÉPILOGUE

Erik Satie fut inhumé au cimetière d'Arcueil et, comme il l'avait promis, Blaise Cendrars ne se rendit pas à l'enterrement. Celui-ci fut modeste et le compositeur partit pour l'autre monde, pour son ultime voyage, entre quatre planches de sapin blanc. Vingt lignes lui furent royalement consacrées dans le journal *Comoedia* qui, pour le papier central de son édition, préféra chanter les louanges de Luigi Pirandello, Ruggero Ruggeri et leur compagnie. Concernant Satie, le journaliste en charge de l'article, sans doute en veine de pittoresque et de lyrisme, évoqua en substance le modeste cimetière à flanc de colline d'où les tombes émergeaient des hautes herbes, la petite église qu'il ne sut dater avec exactitude comme étant du XIIIe ou du XIVe siècle, un aqueduc romain bien improbable, sans oublier les couronnes envoyées par les Amis du vieil Arcueil et les Ballets suédois.

Pour faire bonne mesure, il mentionna aussi les noms d'Auric, Tailleferre, Jean Hugo, Honneger, Jacques Maritain, Sauguet, Milhaud, Paulette Darty, Madame Picabia, Max Jacob et René Clair. Sans oublier Jean Cocteau. Le papier s'achevait par une envolée romantique de toute beauté : « Ainsi fut inhumé l'auteur des *Sarabandes* et de tant d'œuvres d'une prophétique audace, selon les rites traditionnels, à l'air des chants grégoriens, et d'une marche beethovénienne, dans un cimetière rustique, dont la paix ne connaît ni le passé ni l'avenir puisqu'elle est éternelle. »

Le jour des funérailles, Cendrars préféra déguster quelques cognacs à la mémoire de Satie, bien calé dans sa piaule de la rue de Savoie. Il avait déposé la boîte de carton retenue par une ficelle sous la fenêtre, ne sachant quoi en faire, et les effets cumulés de l'alcool et de la canicule l'entraînèrent dans une sieste matutinale qui fut profonde, mais aussi agitée, chaotique, douloureuse. Dès que ses paupières se fermèrent, il se vit, lui, dans le petit cimetière d'Arcueil où il n'avait pourtant jamais mis les pieds. Le soleil resplendissait et réchauffait les dalles et les croix de marbre veiné de blanc. Comme souvent dans ses rêves, il avait ses deux bras et, vêtu de son seul costume à peu près présentable, il avançait dans une allée étroite bordée de pelouse grasse, une cigarette au bec, portant entre ses mains la boîte en carton.

Le premier à le rejoindre dans cette marche lente, ce fut un chien, un pauvre bâtard amputé de la patte arrière gauche, qui vint se frotter à ses genoux et manqua de le faire trébucher. Avec ses yeux battus et son poil râpé tirant sur le jaune paille, il avait tout l'air d'être une cloche et Cendrars ne fut pas surpris outre mesure de constater qu'une pipe allumée fumait sur le bord de sa gueule. Au bord de l'allée, essuyant un verre avec un torchon d'une couleur douteuse, le poète vit ensuite le gros Clovis de Montmartre qui lui lança un regard empli de méfiance. À sa suite, de chaque côté de la rivière de graviers, apparurent une à une les silhouettes des Russes blancs croisés au Chien qui fume, tous coiffés d'une chapka malgré la chaleur qui forcissait, tous au garde à vous à l'image d'Igor Ivanovitch Ivanenko, le Baron noir. Aux deuxième et troisième rangs venaient ensuite, silencieux et apaisés, les marlous et les gagneuses, la môme qui, cette fois, ne poussait pas la goualante, le pianiste désabusé aux moustaches roussies tirant sur son mégot, le gamin aux dents cassées ainsi que tout un escadron de police.

Au fur et à mesure que Cendrars avançait, la foule s'épaississait. Pendant quelques mètres, l'allumeur de réverbères accompagna le poète, son lumignon à l'épaule, pendant que, sur le flot immobile des tombes semblant danser sous le soleil, une felouque tirée par un grand requin blanc dérivait lentement. Quelques accords de jazz poussés par un orchestre de Nègres tristes rythmèrent ses pas et, se donnant la main le long du mur d'enceinte hérissé de tessons de bouteilles, il vit en farandole lente la procession des garçons de la Closerie des Lilas tirant derrière eux une sultane arabisante, un aviateur casqué de cuir, une bergère et les quatre mousquetaires, des reines et des fous, des mages, des cow-boys, des fakirs et une demi-douzaine de Charlot à chapeau melon et canne de jonc flexible.

Pendant que le maître de salle hochait la tête dans sa direction avec un air grave de componction, Cendrars poursuivit sa marche processionnaire.

Assises sur un banc, les trois tricoteuses de l'Opéra n'avaient pas lâché leur ouvrage et il remarqua, posé derrière elles sur un décor représentant une roche Tarpéienne en carton-pâte, la présence d'un imposant aquarium où quelques carpes bâillaient d'ennui, la gueule à demi ouverte, les ouïes fatiguées. Un bellâtre nommé Miquel Utrillo i Morlius ne fit que passer en s'excusant. Il fut immédiatement remplacé par son fils qui, vêtu d'un pyjama d'hôpital, une bouteille vidée à la main, adressa au poète, de concert avec Modi, un geste désolé de la main. Kostro, bien entendu, son bandage de trépané bien en évidence, voulut faire un discours, mais il fut séance tenante emporté par le flot pathétique des chanteurs du Petit Billard, bénis par la force tranquille du patron des lieux. Le Toulonnais, fruit de générations de galériens, coinça en bonne pâte entre les lèvres de Cendrars un Crapulos allumé.

Autour de la tombe de Satie où était fichée une simple croix de granit, il y avait foule et le poète dut jouer des coudes pour se frayer un chemin jusqu'à la terre fraîchement remuée. Pour être certain qu'il y parvienne sans encombre, tout chargé qu'il était de sa boîte en carton, Chagall lui ouvrit le chemin, s'excusant sans discontinuer auprès de ceux qu'il bousculait, agrémentant ses regrets de formules délicieusement surannées et prononcées avec un merveilleux petit accent russe longuement mariné dans le jus de Paris. Le Grêlé, Sawo, Le Balâfré, Diago et tout le clan gitan étaient bien entendu présents, les femmes couvertes du voile noir du deuil, les hommes portant leur chapeau à la main, collé sur l'estomac, les enfants déguisés en princesses ou en pirates des sept mers se contentant de regarder passer le poète sans bien comprendre encore de quoi il s'agissait réellement. Relégués dans le fond, Sa Majesté Charles X et le vice-roi d'Égypte Méhemet-Ali, encadrant la girafe Zarafa ou bien l'une de ses descendantes, surveillées du coin de l'œil par Monsieur Étienne Geoffroy Saint-Hilaire, directeur du Jardin des Plantes de Paris, ne manquèrent rien du défilé.

Le lémurien chafouin et malpoli de la Closerie des Lilas, raide dans son frac et à moitié étranglé par son nœud papillon, ne resta pas. Dès qu'il tenta une apparition, il fut chassé avec perte et fracas par la dame de la rue de Savoie aux chaussures de sang. Elle l'incendia de son meilleur argot et il s'enfuit à toutes jambes, effrayé par autant de grossièretés qu'il prit, lui, pour de la vulgarité. Les Amis du vieil Arcueil, emmenés par Léon-Louis Veyssière, le remplacèrent avantageusement, un exemplaire du *Capital* de Marx dépassant de la poche de l'un d'entre eux.

Encore un effort, le temps pour Cendrars d'écarter de son chemin le chauffeur de taxi philosophe, le mandarin de la Pitié-Salpêtrière et sa cour, le prêtre indélicat de la First Presbyterian Church, le temps de saluer encore d'un hochement de tête reconnaissant le conducteur de la Pacific, le temps d'embrasser du regard Féla et les enfants, Raymone la douce, le temps enfin d'adresser un clin d'œil fraternel à Henry Poulaille et à tous les fidèles amis, modernistes ou non, du lointain Brésil, et il s'immobilisa devant la tombe. Sans pompe excessive, le plus simplement du monde, le poète déposa la boîte de carton bouilli sur la terre riche et il sourit lorsqu'un moineau au plumage maigre vint s'installer dessus.

Près de l'entrée du cimetière, il crut voir encore l'ombre d'une femme vêtue de noir. Elle portait un foulard sombre d'où s'échappait une chevelure à reflets de châtaigne, de miel et d'amadou. Mais peut-être que ce ne fut qu'une fantaisie du soleil, une vue de l'esprit. L'ombre s'effaça aussitôt, disparaissant derrière la foule qui se rapprochait maintenant de la tombe.

Dans tout le cimetière, venues il ne savait d'où, retentirent alors les notes de la première *Gnossienne* du bon Maître d'Arcueil. Ce ne fut pas triste, non. Mais l'émotion que Cendrars ressentit fut si vive et si charnelle qu'il se réveilla en sursaut dans sa tanière du numéro quatre de la rue de Savoie. Autour de lui, rien n'avait bougé. Les livres et les plaquettes empoussiérés montaient toujours la garde. Sur le chevet du lit où il était allongé, sa bibliothèque idéale était toujours là, loyale et dévouée. Dans une peau de chien tannée, il y avait là toutes les pages que le poète avait arrachées de leurs livres. Un peu de roman, de théâtre et de poésie mais, surtout, des articles de journaux et des récits de voyages, vrais ou imaginaires.

Alors qu'il allait se lever et boire un nouveau cognac pour éteindre le mal de crâne qu'il sentait insidieusement s'insinuer, Cendrars entendit les cloches d'une église du boulevard Saint-Germain sonner les douze coups de midi. Dans quelques mois à peine, il repartirait au Brésil, écrirait d'autres livres, aimerait d'autres femmes et se saoulerait et se battrait avec d'autres hommes. Puis, il mourrait à son tour, après une vie qu'il espérait pleine, violente, généreuse, jouissive. Une vie dangereuse.

Sous la fenêtre, le poète ne s'étonna pas de voir que la boîte de carton contenant le grand trésor du musicien avait disparu. À sa place, un moineau s'était posé qui l'observait de ses yeux ronds.

TABLE

Achevé d'imprimer sur les presses de France Quercy à Mercuès en mai 2016
Dépôt légal : septembre 2016 • ISBN 978-2-84742-337-2 • Imprimé en France